詩誌「新詩人」の軌跡と戦後現代詩

南川隆雄

思潮社

詩誌「新詩人」の軌跡と戦後現代詩

南川隆雄

思潮社

詩誌「新詩人」の軌跡と戦後現代詩

南川隆雄

目次

序言――なぜ「新詩人」か　10

第一章　「新詩人」の創刊　1946.1　15

激動の時代の夜明け、そして「新詩人」の第一歩／創刊同人は近づく敗戦を予期していた／創刊号の投稿者異例の一三〇余名／作品「静謐」で詩人小出ふみ子の本格的始動／都会の焦土から信州へ届いた詩篇

第二章　創刊一年目（前半）　1946.2 - 46.6　32

山室静、永瀬清子、北川冬彦、高橋玄一郎、田中冬二らが初の寄稿／岩佐東一郎が戦後初の総合詩誌「近代詩苑」発刊の決意／新詩人社の詩書第一号は鈴木初江の処女詩集『女身』／洋紙公定価格の高騰による雑誌定価の値上げ／村上成実によるＧＨＱ検閲への意見書「昨日の旗」の矜持

第三章　創刊一年目（後半）　1946.7－46.12　51
「新詩人」詩話会が各地で盛況／福田夕咲、三木露風、川路柳虹、金子光晴、近藤東らの寄稿／井上康文は詩「心の荒地」でうたう〝飢えてゐるのは体のみではない〟／穂苅栄一詩集『山玩具』初版は二か月で完売／大江満雄が自己の戦時体験と真情を発露／前田鉄之助、岡本潤、深尾須磨子、長田恒雄、秋山清がアンケート「日本の詩」に直言

第四章　創刊二年目　1947.1－47.12　70
唯一の合併号を招いた占領下の歴史的実状／杉浦伊作「昭和二十一年の明暮」が俯瞰する終戦直後の日本の詩界／〝刺身のつまのような女流の作品〟と小出ふみ子は嘆く／用紙事情で「新詩人」は一時Ｂ５版に／竹中久七〝シュール・リアリズムもまた社会的衝突の芸術的反映〟と主張／笹沢美明、小野十三郎、江間章子、深尾須磨子ら詩を寄せる／高橋玄一郎「新しい詩論」の長期連載はじまる

第五章　創刊三、四年目　1948.1－49.12　88
永瀬清子「アフォリズム・午前二時の手帖より」、山崎馨「北川冬彦ノオト」、秋山清「詩雑誌雑感」、平林敏彦「詩壇時評」、祝算之介のエッセイ「啞蟬の歌」など連載される／寺田弘「詩人の自作詩朗読」につき所見を寄稿／新連載「やさしい詩論」に藤田三郎、

野長瀬正夫、福田律郎、山形三郎、奥山潤らが執筆／無名時代のいわさきちひろが「新詩人」の表紙絵とカットを描きはじめる

第六章　創刊五－七年目　1950.1－52.12　108

創刊五年目の新年号を高橋新吉と永瀬清子の巻頭詩が飾る／喜志邦三「詩作と批判精神」で〝詩を勘で書くな〟と苦言／大江満雄、再び「戦時の詩」を真率に語る／編集同人三名、同人十四名、準同人らの名簿載る／創刊以来の寄稿詩人、同人、新人の詩を精選した『新詩人詩集』（一九五一年版）刊行／高橋玄一郎の新連載「詩法遍路」はじまる／小出ふみ子第二詩集『都会への絶望』が深尾須磨子の序文で発刊

第七章　創刊八－十年目　1953.1－55.12　129

同人八名の自発的作品による「特集・ビキニの灰」／新同人、嶋岡晨と小田川純がシュペルヴィエルなどの翻訳詩を継続発表／嶋岡の表紙絵は終刊号まで／「エコオ・ソノオル」の匿名執筆者、〝自分の仲間しか目に映らない詩人という人種〟を嘆く／戦後現代詩の伏流「新詩人」初期の十年は過ぎ、小出の他界まで以後三十八年間持続する

装幀＝思潮社装幀室

詩誌「新詩人」の軌跡と戦後現代詩

序言――なぜ「新詩人」か

本書は、戦後最も早く創刊された詩誌の一つ、「新詩人」の特筆すべき初期活動の軌跡を検証し、同時代の詩的動向にも注視しつつ、「戦後現代詩」に新たな視座を提示しようとするものである。終戦後の困難な社会情勢下で詩作活動を重ねた多くの詩人たちに思いを馳せながら、「新詩人」に最後までかかわった者の一人として、本書が戦後詩史考察の新たな資料として生かされることを願っている。

月刊詩誌「新詩人」は一九四六年一月に創刊後、ほぼ半世紀にわたって定期刊行され、一九九四年四月に編集発行者小出ふみ子（一九一三‐九四）の他界によって第四九巻四号（五七六集）で終刊となった。営利・非営利を問わず雑誌刊行のままならなかった終戦直後、この詩誌は軍政下の足枷を解かれた多様な詩人たちに詩、詩論、エッセイなどの発表の場を提供するとともに、多くの若者たちを心の支えとしての現代詩に誘い、終生の詩作者となるべく育成した。いまも「新詩人」を知る人々には、そうした詩誌として記憶されているだろう。

しかし「新詩人」終刊以来すでに十七年の年月が過ぎ、この詩誌の存在は時代の詩的関心からしだいに遠退こうとしている。かつて同人、会員として、また寄稿者として、この詩誌にかかわった詩人たちは数多いはずだが、現在ではその事実を耳にする機会も少なく、また強いて発言する人も稀になった。私たちの世代がこの世から消え去れば、「新詩人」は忘却の彼方に置き去られるかもしれない。私は近年このことをしきりに懸念するようになり、その軌跡を書きとどめておくことがあたかも義務ではないかとさえ感じている。それにしても、一地方詩誌の存在になぜそこまでこだわるのか。これには「新詩人」という詩誌のめぐり合わせた戦後という時代と、長野という創刊の地にもとづく特異性が大きくかかわっている。

　詳細については本文中で推考するが、「新詩人」刊行の発想は戦時中から信濃毎日新聞（信毎）編集局所属の三人の詩人、田中聖二（一九〇四－九二？）、穂苅栄一、小出ふみ子によって温められていた。なかでも、戦中は筆を折っていた田中の反権力志向が発想の核になったとみられる。報道に携わる者の本能と情報収集力によって、かれら新聞人は日本の敗戦を早くから予期し、ひそかに待ち望んでいたのではないか。終戦によって言論統制が解かれるや、ただちに詩誌発刊を企てたが、日本の敗色濃い戦争末期からすでにその準備を怠らなかった節さえある。そして待望の「新詩人」創刊号は終戦の翌年正月に世に出た。ジャーナリストでもあった三人の詩人の足場を、長野という空襲の被害の少なかった土地柄が大きく後押しし、致命的な戦災を免れたことによって、詩誌創刊のみでなく、以後の詩的状況にも有利な結果をもたらした。

　信州は、関東人の一大疎開地であるといわれ、戦争末期、とくに東京大空襲の前後には多くの人々が長野県下に疎開した。前記の「新詩人」創刊の発起人たちは長野市近くに疎開していた二人の詩人、大島博光（一九一〇－二〇〇六）と鈴木初江（一九一八－二〇〇二）を誘い、これに地元在住の詩人を加えて創刊同人とした。そして「新詩人」が継続刊行されるに従い、戦中戦後に長野に疎開し、また一時帰郷していた詩人たちは「新詩人」編集者の要望に応えてこの地方詩誌に作品を寄せるようになった。さらに、具体名は本文中に記すが、号を追うごとに同人外の名を知られた詩人たちによる詩、エッセイ、詩論などの寄稿がしだいに多くなる。これら実績のある詩人の原稿は新興詩誌「新詩人」の質をにわかに高め、内容を豊かにしていく。これが他誌にみられない「新詩人」の特異性の一つで、著名な詩人に彩られた目次を眺めるだけでも、戦後新たに詩作をはじめた若い人たちを大いに刺激したことだろう。また別の側面からいえば、月刊を守った「新詩人」は、戦後作品発表の機会をなくしていた先行の詩人たちの創作発表意欲を少なからず充たしたのみならず、場合によっては戦時中の文筆活動への弁明や失地回復、さらには自身に再生の契機を与える雑誌としても役立った。結果として地元の同人、会員にとっても、また都会からの寄稿者にとっても、ともに好適な作品発表の場となった。だが著名詩人の寄稿は漸増したものの、やがて数年で峠に達し、その後はしだいに減少していく。それらの詩人たちは自身の発表誌を創復刊し、他方「新詩人」が育成した新人たちが一定レベルの作品や評論を書けるようになったからである。この頃には、「新詩人」で育ち他誌で活動する若い詩人たちも少なからずあらわれる。

　詩誌「新詩人」の主たる目的はむしろ新人の育成にあった。戦後の長野という土地で限られた数の詩人による同人誌をつくっても、先細りがみえている。新たに詩の書き手を育てる企ては一つの卓見であり、それはおのずから現代詩の底辺を拡げる結果にもつながる。編集同人たちは著名な詩人たちのみに目を奪われていたわけではなかった。創刊号に一三〇余名の投稿者が集まったことから、この新人育成には信毎が何らかの形で支援の手を伸べていた可能性が推察される。後年にはＮＨＫ長野放送局のラジオ文芸番組も大きな役割を果たした。「ラジオで小出さんの担当する聴取者文芸番組を偶然聴いて、詩に興味を抱き「新詩人」に投稿しはじめた」という話は私もしばしば耳にしている。「新詩人」で詩作の基本を身につけて巣立っていった詩人がどれほどいたことか、終刊までの半世紀近い年月を積み重ねれば半端な数ではないはずだ。しかもこれらの若い詩人たちは地元長野にとどまらず、全国に分布している。これは「新詩人」が出版配給元をとおして全国の書店に配本された結果であり、ここにも編集同人たちのジャーナリストとしての才覚を垣間見ることができる。

　こうして「新詩人」は同人誌と投稿誌という二面性を抱え、結局、終刊までその方針がぶれることはなかった。編集発行者小出ふみ子は折に触れて、新人育成をこの詩誌の大事な役割と強調している。それゆえか他方では、「新詩人」は投稿誌であって純然たる同人誌とはいえないという、一段低くみるかのような眼差しがあったことも否めない。あるいは自分が「新詩人」出身者であることを進んで表明しない傾向すらみられたようだが、同人誌と新人育成の両面を維持できたことが「新詩人」の特色であり、存在意義でもあった事実は積極的に再認識されるべきだろう。

　これまで戦後現代詩を論じたすぐれた著作は少なからず世に出たが、残念なことに「新詩人」

にかかわる記述が略記され、あるいは欠落していることも少なくない。これは前述のとおり、この詩誌が同志の結束する純然たる同人誌でないことや、さらに発信地が地方であることも関連しているのかもしれない。いずれにしろ「新詩人」について言及した著者は稀といってよい。しかし、戦後の詩的動向は「新詩人」の軌跡を抜きにしては語れない、というのが私の率直な見解であり、戦後詩史の公正で不可欠な資料として、詩誌「新詩人」の特異な活動を、できうる限り客観的に書き残しておくことが本書の目的である。

　戦後現代詩の時代と重なる「新詩人」を振り返る観点から、本書の記述の重点を創刊から十年目までとするが、むろん「新詩人」誌の推移のみではなく、そのつど直面したさまざまな社会的困難、たとえばＧＨＱ（連合国軍最高司令官総司令部）検閲、物価高騰、用紙不足などについてもできるだけ言及する。終戦直後には「新詩人」と時期を同じくして多様な詩誌が全国各地で創刊されている。なかには北九州の「鵬（ＦＯＵ）」のように「新詩人」に先行して創刊（一九四五年十一月）された詩誌もある。それらについても紙幅の許すかぎり記述し、また各章の末尾にはその時代の社会情勢についての要約を添えて、視野を明るくすべく心がけた。本文中の引用詩は当時の実生活を反映している作品も含め、全集等への収録に洩れ散佚するかもしれない作品を選ぶようにした。敗戦後という苦難の時代に胸打つ詩篇を残した幾多の詩人たちに、敬意を抱かずにはいられない。

第一章「新詩人」の創刊　1946.1

「新詩人」は一九四六年一月一日に創刊された。編集者は穂苅栄一、発行者は玉井賢二、発行所は長野市妻科町二九二番戸玉井方の新詩人社である。本文は三段組で全三十二ページ、定価送料共一円十銭。表紙には篠崎栄二画の盆上の二個のりんごを描いた二色刷りの静物画の上部に右横書きに「新詩人」と誌名を入れ、ただ一月号とのみ記してある。全体の印象は後年の同誌からそれほどかけ離れたものではない。

編集同人は、いろは順に穂苅栄一、田中聖二、玉井賢二、竹内薫平、岡村民、大島博光、小出ふみ子、篠崎栄二、鈴木初江の九名で、このうち穂苅、田中、篠崎の三名の連絡先は信濃毎日新聞（信毎）編集局になっている。岡村民（東京）以外はいずれも長野県在住者だが、岡村は長野県上高井郡（現長野市）出身である。これによっても「新詩人」が長野を基盤にした詩誌であり、当初から信毎と関連のあったことがうかがえる。公募規定をみると、社友費は一か月五円、誌友費は三か月三円三十銭とある。編集同人による選考で、すぐれた誌友は社友に待遇し、優秀な社友は同人に推薦する。この方式も後年のものとさほど変わらず、編集同人はのちの同人、社友は準同人、誌友は会員に相当する。「社友は自信ある作品を」とあるからには、社友以上の作品は原則として没にしないとの意味だろう。興味あることに、投稿作品は詩、詩論のほかに短歌と俳句も受け付けている。

編集同人の作品十二篇は二段追い組みで紙面を有効に使っている。ついで活字を落として三段組の「詩作品」欄に二十一篇、穂苅選の「詩苑」欄に二十篇を掲載。これらはそれぞれ社友と誌友の作品とみられる。これらに続いて短歌（中村柊花選）と俳句（栗生純夫選）の欄に各一ページを充てている。創刊当初のこの詩誌が伝統定型詩にも誌面を割いていたことが分かる（創刊号目次を章末に転載）。

むしろ興味深いことには、本文のいずれにも詩誌創刊の弁というべき高揚した文章は見当たらず、これは表紙をみて感じたことと符合する。創刊同人の抱負のうかがえる文を編集後記から抜粋しておこう。

> 戦争は私達から真実を奪つてゐた。私が詩を軽蔑し、忘却した理由がそこにある。終戦によつて、詩と詩人は厳しい審判を与へられるであらう。そして、当然に激しい変貌が行はれるであらうが、私達はつねに高邁な詩精神に立つことによつて、この審判に応へなければならない。祖国が敗れた日、その日を境界として、古事記以来の日本の詩と詩精神は再批判されねばならぬ。殊に戦争によつて生れた多くの詩に対して、私達は解体し、観察しなければならぬ。多く

の詩人に就ても同様である。（田中聖二）
正しい現実を直視して芸術に熱烈に溶けこむところに真の芸術があり、新しい詩人が生れる。いままでと打つて異つた自由な態度で書いてゆけばよいのである。（中略）作品を一瞥するに全体的にはなはだしく低調であることを見逃せない。然し今迄の生活が詩精神を低めてゐたのだと思ふからこれから勉強してゆけばよくなるであらう。（穂苅栄一）

同人外では詩人で作詞家でもあった高橋掬太郎（一九〇一－七〇）が「新文化は地方から」と題した一文を寄せている。「食ふことが第一だと叫ぶ。人間も生物である限り、食はずにをれないことは無論であるが、近頃の東京を中心とした買出しの狂気沙汰をみると、これが文化人としての姿であるかどうかと、慨嘆せざるを得ない。国家も考へない。道義もかへりみない。明日は明日、今日は今日、他人は他人、自分は自分、まつたく動物性に転落してゐる」。いささか感情的な筆致だが、地方での詩誌発刊へのご祝儀と受け取ればよい。高橋掬太郎は岩手県生まれの根室育ちで、戦前には根室新聞や函館日日新聞の記者をしており、信毎の田中聖二や穂苅栄一らとは旧知の間柄であったのだろう。

「新詩人」創刊号、1946 年 1 月

さて、編集同人を別にしても、「新詩人」創刊号には選外佳作者を含め一三〇余名の投稿者が名を連ねている。これは同人詩誌としては異例の数である。おそらく信毎文化部の後援を得て募集を周知させたか、それともそれまでの詩の教室などの作品を下地にして原稿を募ったものと想像される。ざっと逆算すると、前年末二十五日に印刷納本であれば、遅くとも十一月初旬には原稿を集め、投稿作品の選考、割付と組版、校正といった作業を切りのよい一月一日付発行に合わせて進めなければならない。参照する前例のない創刊号であるからには、数人の編集同人が幾度か集まって方針の食い違いを調整もしなければならない。そんなことを考え合わせると、原稿の執筆と依頼、募集を、はや九月中にははじめたのではなかろうか。満を持して終戦の日に向けて待機していたと推測してもよい。そのために八月十五日以後に間を置かず行動を起こす物心両面での力の蓄えがあったに違いない。終戦の年の二月には硫黄島を米軍に占拠され本土都市部への空爆が頻繁になると、誰の目にも、とりわけ田中聖二ら報道関係者には日本の敗北はもはや時間の問題と映った。

　ここで不確かな記憶を呼び戻すことになるが、地方都市や農村部では八月十五日の終戦自体は人々の日常生活に多大な影響を及ぼさなかったのではなかろうか。ほんとうに敗戦を身をもって知らされたのは、子供だった私についていえば六月の空襲によって被災した日である。二か月後の終戦の日はなんの変哲もなく過ぎた。もう空襲警報で逃げなくて済むといった程度の変化だった。新聞ラジオのない疎開生活だったので、その後の口伝てによってしだいに日本という国の敗戦の現実を教えられていった。八月十五日を境にして急に庶民の衣食住が改善されていったわけでもない。私の記憶では、被災者、疎開者にとって食糧難は戦中よりもむしろ戦後のほうが一段と厳しいものだった。戦後史の記すところでは、一九四七年末までの終戦後二年半、日本は食糧の危機状態にあり、その後半には占領当局は一六五万トン余の主食やその代替品を放出して危機を切り抜けた。庶民の生活は終戦によって好転したわけではなく、むしろ被災の後遺症によってさらに悪化した。

そうした状況下で、もしも空襲による被災を免れて終戦を迎えられたのであれば、戦後生活への物心両面での立ち直りも比較的容易であったのではあるまいか。いまとなっては推測でしかものを言えないが、長野県の多くの地域はそうした状態にあったと考えられる。大戦末期には多くの大学、研究所などの公的機関が主要な資料、図書、機材さらには人材を信州に疎開させたと後年繰り返し聞かされた。大本営でさえ松代への遷都を企てたと。信州は首都圏の一大疎開地であったとの印象が、私にそのように思わせるのかもしれない。手ひどい戦火を回避し、衣食の生産につながる懐深い山野の広がる信州という土地をみて、国破れて山河ありと一縷の望みを抱いた人々は少なくなかったはずである。

小出ふみ子、1948 年

文芸誌創復刊は、軍政下の言論統制が解除され、紙などの物資の供給が緩和されるとの予測が立てば、あとは強い意志の先導を待てばよかった。こうして「新詩人」は一九四六年年頭に創刊された。Ａ５版三十二ページの誌面に詰め込まれた百名を超す執筆者数をみるだけでも、詩誌発刊への編集同人の意気込みや努力の跡が伝わってくる。さすがに作品の足並みが揃わないのはやむを得なかった。じつに多様な作品が顔を揃えている。なかにはニュース映画で飢えた浮浪者の群れを観てそれを詩にするという、被災者の現実から乖離した同人の作さえあり、翌月号で長野の詩人で児童文学者の和田茂に「読者には決して深刻感をあたへまい」といわせている。次の小出ふみ子「静謐」には「真剣でよいと思ふ。体験であり実感であるからである。最初から緊迫した句をつゞけてゐる。距離、時間を詩に駆使したのはこの人ひとりであつた」との和田の感想がある。この詩人としては珍しい文語調の作である。

静謐——弟中島睦男へ　小出ふみ子

八月十五日
頭、次第に深く垂れ
両手もて眼覆へば
蓬茫たる北支の山野に
骸晒す兵一人
　前頭骨爆創せられ
　右大腿部貫通銃創したる
弟よ　お前だ
歓呼の嵐の中に

匂やかに微笑みて
遠去り征きし弟――
もうお前は還つて来ない

秋――
日曜日の午後
拭き潔めたる部屋にて
菊を活け香を焚き
静かなる日射しの下に
一人、薄茶を喫めば
沁み沁みと甦りくる
愛し人、弟

この静謐の中に
お前と対峙す

創刊号掲載作からもう一篇、「新詩人」創刊に大きくかかわった田中聖二の詩「墓碑に送る手紙」をあげておこう。この詩人は「新詩人」創刊同人のうちでも最も深刻に詩誌創刊を渇望していたとみられ、その気概を創刊号の編集後記に述べている（前掲）。「墓碑に送る手紙」には、当時の多くのおとなたちがそうであったように、粘っこい生き残り意識が作者にまつわっている。和田茂は「かうした連想の取材は昭和七、八、九年ごろ流行した」というが、必ずしもそうではあるまい。これは終戦後の作品である。後述するが、田中は戦時中には筆を折っていたようだ。筆を断つという行為にも別の側面からの批判が投げかけられるが（たとえば後出第六集の岡村須磨子「詩人よ美しくあれ」）、後世の批判の対象になるとすれば、やはり大事なことは「戦後何をしてきたか」ではなかろうか。詩人であるからには、戦中に本心から戦争協力してきた人が、一転、戦後は過去を切り捨て民主的詩人として自分を顕示できたとは考えられない。

墓碑に送る手紙　田中聖二

蒼ざめた寒帯樹林のなかに
あなたの最後の思想の床が横たわつてゐる

冷たい非情の風が吹く北方の断崖に
あなたの生涯が押しつぶされてゐる

正しい事がつねに正しくなく
美しいものがつねに美しくない時代に

貧しい人々がすべてさうであつたやうに
何があなたを悶絶させたのだらうか

茫々たる空と密雲と
惨烈な嵐の宿命——
——このとき神を信ずることがすでに過失で
　　あつたのだ

過失と宿命に敗北したあなたの生涯が
凍結したあなたの思想と共に
今　暗い土塊の下から叫んでゐる

——われ〳〵は知らなかつた
——われ〳〵は何も持つてゐなかつた
——生きてゐることがすでに死であつた

前掲の「新文化は地方から」のなかで高橋掬太郎は敗戦直後の東京を中心とした都会人の浅ましい姿を慨嘆したが、これだけでは一面的に過ぎよう。創刊号の新人のために用意された「詩苑」欄（穂苅栄一選）から若い作者のものとみられる二篇を選んで次にあげておく。

僕の故郷——疎開地から　長岡舜治

僕ハヂツト眼ヲツブツテ故郷ノ帝都ヲ見ル
ソコニハ焼ケナイ前ノ懐シイ故郷ガ水彩画
ノヤウニ繰拡ゲラレテヰル

アドバルンガノンビリシテヰル隣リニ煙リ
ヲ吐ク煙突ノ群
高架線ヲ走ル電車
市電トバストタクシート自転車ノ交響楽
鈴懸ノ街路樹ガ続ク広イアスファルトノ道
ヲ往ク人　人　人
皆ンナ懐シイモノバカリダガ
ソレラハ焼ケテ　タダ畑ダケノ寂シイ僕ノ
故郷
ダガ今逞シイ建設ガ始ツテヰル

上野駅にて　竹沢統太

秋の空には白雲が浮ぶ
汽車はホームを出ようとする
機関車には油がひかれ
客車の窓も洗はれてゐる
焼けあとには野草が茂り
透んだ陽ざしも静かにあふれ
どこからか蚯蚓の鳴声も聞えてくるやうだ
（中略）
　もう俺は何もいらない
よしや職を失ひ
やがて蟋蟀の如く荒野に屍を曝すとも
ただかうして
みどりのシートに腰を下し
ゆつくりと高架の上を流れてゆく
秋の白雲の姿を追つてゆかう

「僕の故郷」の作者は戦災で消滅してしまった自分の街を疎開地にいて水彩画のように思い起こしている。いくら旅をしてももはや帰りつけない土地、自分の家、そして離ればなれになった親しい人たち。これは少年時の私の実体験にも通じる。最終行を書き加えた健気さが、むしろ切ない。「上野駅にて」は、車窓から眺める敗戦の年の秋の東京の実景と心象風景を飾り気のない言葉で描いている。この詩には次号での和田茂の講評はないが、都会復興へのひそやかなエネルギーの蓄積を予感させ、時を経ていま読んでも何か安堵する作品である。しかし都会の若い被災者たちにとっては、唐突に「戦争は夢であつた」（田中聖二「落魄の街にすみて」の副題）といわれても、易々と納得できるものではなかっただろう。敗戦の痛手はこの年以降ますます都会生活者を苦しめる。

もちろん創刊号掲載の詩作品は戦災体験にかかわるものだけではない。同号の目次をながめて分かるように、他方では（終戦直後にもかかわらず）常と変わらない穏やかな秋の情景を詠んだ詩も、編集同人穂苅栄一の三つの小篇をはじめとして少なからず見受けられる。こうしてさまざまな戦時の体験を経てきた詩作者たちが、年の改まった一月の「新詩人」創刊に集まったのだった。

いま読み返してみると、右の二篇のほかにも「詩作品」欄では伊藤海彦（一九二五－九五）「嗟嘆――失ひし日の歌」、大日方千秋「秋の夜に」、浜泰雄「夕暮――復員後始めて故郷の土を踏みて」、金子重雄「己れを滅すもの」、「詩苑」欄では大日方寛「青い畳」、小松研一「冬の朝」などに心に訴えるものがある。技巧のうえで不慣れであるにしても、これらの詩からは、戦時の苦難をただ否定し怒り悲しむだけではなく、戦後生活の現実を正視して今後の生きる術を探ろうとするひたむきさが伝わってくる。戦後間もない時期に手探りの若い現代詩の書き手たちに作品発表の場を提供した「新詩人」の功績は評価されてよいだろう。

なお、創刊号の裏表紙には鈴木初江の処女詩集『女身』の広告が載っている。この詩集の発行は前年秋から準備されたと聞いている。そうでなければ創刊号への広告掲載はかなわない。初江は福島市の生まれで、戦前から詩作をはじめ、戦後は「稜線」を主宰するなど息長く活躍した。疎開先の信州では大島博光の知遇を得、その縁でも「新詩人」に参加したとみられ、「かへりみれば／語らひを失くし思索を忘れ／空しき沈黙のいかに久しかりし」ではじまる端正な文語詩「かへりみれば」が創刊号の冒頭を飾った。

創刊二冊目の「新詩人」の二月号の受贈誌欄をみて分かることだが、「新詩人」とほぼ同時期に、「詩風土」「詩研究」「大樹」「日本詩」「芽生」「光」「潮音」「星座」「街路樹」「二行詩」「信州及信州人」「文芸世紀」「科野」（俳句）「信濃短歌」等々の文芸誌が続々と刊行された。なかでも特筆されるのは戦後いち早く発刊された「鵬」である。この詩誌は一九四五年十一月に焦土の八幡市（現北九州市）から刊行された。小田雅彦、岡田芳彦（八束龍平）、鶴岡高が編集同人、森道之輔、麻生久、品川斉、吉木幸子らが同

「鵬」創刊号、1945 年 11 月

人として参加した。「創刊号はわずかザラ紙十二頁の小冊子だが、それを手にした瞬間の感動を未だに覚えている」と平林敏彦（一九二四－）は回顧している。当初の誌名「鵬」は第七号（一九四六年八月号）から「ＦＯＵ」となった。戦前モダニズムの影響下にあった若い詩人たちが、戦時を通過することによって詩を通して敗戦という現実に対処しようとし、詩の芸術性と社会性に向き合ったものの、しだいに過激な左翼思想への接近を示した。一時は「荒地」グループの協力もあったが、一九四八年七月の第一七号をもって終刊となった。

一九四六年一月は戦後激動の時代の緊張を孕んだ夜明けだった。この一か月に世の中で起きた主な出来事を振り返ってみよう。元旦には天皇の神格化否定の詔書が公示され、ＧＨＱのダグラス・マッカーサー元帥（マ元帥）はこれに満足の意を表した。ＧＨＱは軍国主義者の公職追放を指示。野坂参三が延安から帰国し日比谷公園で歓迎大会が催された。月末にはＧＨＱが、奄美大島を含む琉球列島、小笠原群島などに対し日本の行政権を停止する覚書を発表した。煙草のピースが新発売（七円）され、ＮＨＫで「のど自慢」のラジオ放送がはじまった。東京の闇市、露店が六万店に達した。マニラから小麦一千トンが届いたのを皮切りに総司令部による食糧放出がはじまった。ロンドンで国連第一回総会が開催。「中央公論」「改造」が復刊、「世界」「展望」「近代文学」等が創刊された。河上肇没（六十八歳）。

「新詩人」一月創刊号目次（一部略）

公募規定

社友　一ヶ月　五圓
誌友　三ヶ月　三圓三十錢

社友費は一ヶ月分、誌友費は三ヶ月分以上前納、但し社友は自信ある作品を添えて申込のこと。社友は編輯同人が銓衡する。

振替　振替利用は「長野九九一番」玉井賢二宛で振替手数料「十錢」を加算して拂込のこと。

原稿　「詩」三篇以内（一篇廿行まで）、「詩論」千字以内、「短歌」三首以内、「俳句」三句まで。

締切　毎月廿日

推薦　優秀社友は同人に推薦し、優秀誌友は社友に待遇する。

送稿注意　原稿には種別と社友、誌友及び住所氏名を明記し、一枚の用紙に二篇以上を書かず必ず一枚一篇とし二枚以上は綴ること。

宛先　社、誌友費拂込その他照會などは新詩人社編輯部宛に、なほ返信料添附のこと。

第二章　創刊一年目（前半）1946.2 - 46.6

本章では「新詩人」の第二集（一九四六年二月号）から第六集（同六月号）までをとり上げる。

第二集は一月十三日に印刷納本、二月一日に発行された。原稿や記事の多くは第一集とほぼ同時期に準備されたと推察される。それゆえ創刊号と第二号との間に目立った差異は見当たらない。この号から大島博光に替わって大井加奈夫（長野市）が編集同人に加わっている。編集者は穂苅栄一が職務多用のため鈴木初江に交替した。

富田砕花（一八九〇 - 一九八四）の「蝶と幻想」が巻頭を飾る。詩作品では同人九名のほかに前田鉄之助（一八九六 - 一九七七）「木枯の夜に」、田中敏子「憂たてさ」、岡村須磨子「冬近き日」の三篇が加わる。このうち「憂たてさ」は初の推薦作品とみられる。田中敏子は一九一二年北安曇野生まれの人で、この後も長く作品を発表する。「詩作品」欄と「詩苑」欄はともに創刊号を踏襲し、それぞれに二十六篇と十九篇を載せている。ほかに大島博光がＰ・ルヴェルディの短い散文詩「風と精神《エスプリ》」を訳している。和田茂の「新詩人一月号批評」はすでに第一章のなかで部分的に紹介した。
小出ふみ子は早くも前号の文語調を脱し、「若妻」では「化粧が済むと女は／夫が好んだ衣装を身につけ／鏡台の前に座つた／（中略）根をつく子供の嬉々とした声」と、夫の訃報に接した直後の女性の心情を描き、内容表現ともに際立ったものをみせている。創刊号の「静謐――弟中島睦男へ」と本号の「若妻」はこの詩人の初期の代表作であり、第一詩集『花影抄』（新詩人社、一九四八年）に収められた。

日本は今、日一日と自由主義的な民主化へと大きな歩みを続けてゐる。この秋にあたり、文化もまた復興、諸々の芸術の花は咲き競ふべく胎動を開始、私達もまた詩を愛する者としてこゝに集り、さゝやかな発表誌を持つことができた。しかし、この集りはあくまで詩を愛する者のやむにやまれぬ集りなのである。打算もない、功利もない、詩を作ることによつて心の糧とし、日々の生活上にささやかな喜びを見出さうとしてゐる者なのである。

これは小出の編集後記の一部である。第二集になってようやく「新詩人」発刊の抱負が表れた。後年の小出を彷彿とさせる率直、直截な一文である。ここに「芸術の花は咲き競ふべく胎動を開始」とあるが、前章に記したような詩誌や文芸誌が「新詩人」と競うように創復刊されたことを指している。またこの月には鈴木初江著『女身』が新詩人社からの初の詩集として刊行された。これもまた戦後の言論統制の解除と紙の割り当てを待ち望んだ末の出版だったのだろう。

大島博光はこの号から編集同人を辞したが、その後も「新詩人」で同人として活躍した。大島は長野県松代の生まれで当時は更科に在住、詩作のほかに詩論や翻訳にも力を注ぎ、のちに詩人会議の創立に参加、フランス抵抗運動から生まれた詩の紹介などにも努めた。

第三集（同三月号）も期日に発行された。「新詩人」の発行はこれで軌道に乗り、月刊誌としての歩調は乱れることなく以後四十八年間続く。第三集の同人欄には同人作品のほかに田中敏子「思ひ出」、玉置瑩子「あゆみいる」、村上成実《せいじつ》「昨日の旗」、岡崎清一郎「屋根」が加わっている。新人のための「詩作品」欄は「新詩人詩作品」となり、後年、同人として活躍する松島甲子芳がこの欄の選外佳作に姿をみせた。この集からとくに予告なく短歌と俳句の欄がなくなった。はっきりと現代詩の詩誌になったわけである。小出の詩「着物」は一枚の和服がねんねこになり座布団になる過程に託して、戦中戦後の自分の切ない運命をうたっている。詩作上のこの視座は以後も揺らぐことはなく、詩表現の手法もこのあたりで定まったかにみえる。

この集に載った岩佐東一郎（一九〇五－七四）の「詩の新生」を引いてみよう。

> 過去数年間は全くの暗黒時代であつた。滅茶苦茶な狂人よりも始末にをへぬ官僚の統制の嵐の中で、詩の灯は遂に悉く吹き消された如く観ぜられた。
>
> 東京の有力詩誌数誌も、一昨年の春頃、遂に強制的統合を命ぜられ、自発的廃刊の運命に到つた。その結果「令女界」「若草」の宝文館から「詩研究」「日本詩」を刊行することになつたが、編輯企画委員である私たち数名の詩人の注意と提言を、政府の鼻息をうかがふことに汲々

であつた編輯部の北村秀雄らは、無視して、便乗詩人共や便乗評論家たちの原稿を重用した。それのみならず編輯企画委員会も、中止して了ひ、問ひ合はせても一切無言の行をつづけると云ふ非礼さを以て応へた。その後宝文館も去春の空襲で罹災し、編輯者らは身の安全を計つて故郷へ逃げ帰り遂に、昭和廿年は詩の雑誌は一冊も無いまゝ敗戦を迎へたのだ。

　ひとたび出版の自由、言論の自由を与へられるや、今までひそんでゐたあらゆる文化面が春の花一時に咲き競ふが如く、各種各様の雑誌が復刊又は創刊されたが、詩の雑誌の復興の声を、東京ではひとつも聞かなかつた。私は、詩人のずるさ（誰が何か始めたら賛加〔原文ママ〕してやればよいと云ふ根性）、詩人の臆病さ（当分はあぶなくて雑誌刊行なんかするよりもふところ手して日向ぼつこをしてゐようと云ふ根性）に本気になつて腹を立てた。

岩佐はこの文章を「私は、一切の情熱を捧げ詩文化雑誌「近代詩苑」を近く発刊する。詩の新生のために」と結んだ。「昭和廿年は詩の雑誌は一冊も無いまゝ敗戦を迎へた」という岩佐の言葉に間違いはないだろう。年明け早々に「新詩人」という発表の場をようやく見出した岩佐の安堵感が伝わってくる。岩佐は城左門（城昌幸）とともに「文芸汎論」（一九三一年九月－四四年一月）通巻一五〇冊を発行して新進の詩人や文学者に発表の場を提供したが、「近代詩苑」はその詩分野を引き継ぐ性格の戦後初の総合詩誌として一九四六年一月に発刊された。発行者・岩佐、編集者・北園克衛のほかに安藤一郎、村野四郎、笹沢美明、安西冬衛、近藤東、菱山修三、城、山中散生らが参加し、木原孝一、中桐雅夫、黒田三郎らがエッセイでモダニズムの変容を示したが、敗戦直後の経済的混乱に直面して、同年四月に三号で終刊した。

「新詩人」第三集の「後記」で編集者鈴木初江は気負いのない言葉で詩への思いを述べる。このとき初江はまだ二十歳代、しばらくして疎開先から東京に戻ることとなる。

> 長い間詩をかいてきても詩はやはりむづかしい。どんな時代にも人の心の泉になるやうな、そんな詩は詩の理想の一つであるだらうと思ふ。けれど日本の詩の貧困は、何よりも詩人の思想の貧困によるのではないだらうか。といつて詩が怒号叫喚やある目的のために作られるのは本質ではない。戦争に疲れた私たちは切に平和と静謐を求めてゐるのであるが、そこへゆきつく道にははげしい苦難が満ちてゐる。このやうな時代を詩人は傍観してゐていい筈がない。苦しむものと共に苦しみつゝ新しい時代の烽火であるやうな詩を私は考へる。慰めとなる詩、楽しい詩、みんな必要だ。が、それらに思想の根がほしいのだ。それは詩人の愛情と努力によるのではないだらうか。

第四集（同四月号）には伊藤海彦「別れの秋に」が同人欄に推薦されている。同人作品のほかに岡村須磨子「こゝに美しき光あり」、北山冬一郎「宿にて」、古賀残星「祖国」が加わる。福田正夫（一八九三－一九五二）は「文学行動のモラル性」のなかで、かつてフランスの敗戦に遭遇したサン・テグジュペリの「敗戦は、その醜悪さにも拘らず、更生への唯一の道」という言葉を紹介しながら、「詩精神のおきどころ即ち詩人の今日の態度も、かうした内容を苦難の歩みに持つとそれが詩作をたゝく鎚となるのではなからうか。詩作法の方法論としての問題や作品の分析批評などのはたらきも、出発点の人間復興の意欲の裏づけがあつて、その意義をなす」と述べている。敗戦に遭遇したそれぞれの詩人が、他人に物言うというよりもむしろ自身の基本体勢立て直しの課題に向き合っている姿を、こうした文章にみることができる。

北川冬彦（一九〇〇‐九〇）が鈴木初江詩集『女身』へ長文の感想を寄せている。冬彦は終戦の年の五月に渋谷区幡ヶ谷の自宅を焼失、七月に松代に近い長野県篠井に疎開し終戦を迎えた。十一月には浦和市岸町の風呂屋の離れに落ち着く。近くに神保光太郎（一九〇五‐九〇）、杉浦伊作（一九〇二‐五三）が住んでいた。鈴木初江も「故里ならぬこの信州に疎開」した身であり、これに感想をしたためる冬彦も「信州の寒村の疎開地から引き上げてきて間もなく」であった。

感想によると、初江は冬彦に長い手紙をしたため、そのなかで『女身』はおおよそ過去十年の詩を収めたと記している。この十年は戦時の四年間をはさんでの歳月になり、詩集は著者二十代の作品の変遷を知るうえでも関心がもたれる。ちょうどこの十年前に初江は東京・新宿の喫茶店「ジャスミン」で冬彦に遇ったことがあるという。冬彦は当時この店で「麵麭《ぱん》」（一九三二年十一月‐三八年一月）の同人会を開いていたが、初江に行き合わせた記憶は残っていないと述べている。

第四集には新詩人社主催の長野詩話会の開催通知が載っている。四月三日（祭日）に「新詩人」四月号を持参のこととある。場所は長野県立図書館、会費は二円。後日の報告によると出席者八十五名うち女性二十一名とあり、雑誌発行以外にも意欲的な詩活動を開始したことが分かる。こうした活動は「新詩人」の会員や読者の増加にもつながったことだろう。洋紙の公定価格が三・三倍に高騰し、「新詩人」の定価一円二十銭が一円五十銭に、また、新詩人叢書として刊行予定の穂苅栄一の詩集『山玩具』（新詩人叢書第一集、一九四六年）は予約受付の段階で五円から八円に値上がった。「（前納分の）不足額を御送金下さい」と社告するのもつらいところ。

この集に載った岡村民の「母の手」を次に紹介する。岡村民（一九〇一‐八四）は長野県高井郡（現長野市）の生まれで、東京中野区で幼稚園を経営しながら童話や童謡の創作にも力を注ぎ、一貫して土に根ざした生活詩を書いた。詩集に『ごろすけほう』（山川書店、一九四九年）、『山鳩』（久保書店、一九七九年）など。

母の手　岡村民

ふしくれ立つた母の手は
生きた農具である。

使つては洗ひ、洗つては使ひ、
七十有余年、
野良に、山に、家庭に、
雨の日は雨と、風の日は風と、
はたまた嵐の日にも、

七十有余年、
母の手は、
美しき農具である。
（一九四五・十二・作）

第五集（同五月号）には同人外から杉浦伊作「あやかしの海」、壺田花子（一九〇五－九〇）「春の約束」、山室静「早春行」が寄せられ、黒沢木平と寺野智が同人欄に推薦されている。玉井賢二が発行者・同人を辞め、新しく中村福栄が発行者になった。中村は翌年一月まで発行者を務めるが、詩作とはかかわりのなかった人のようである。この号から岡村須磨子と村上成実が同人に加わった。

岡村須磨子は一九〇五年高知市生まれで、当時は福島県喜多方町に住んでいた。戦前に深尾須磨子（一八八八－一九七四）を知り、詩誌「ごろつちよ」（一九三四年－四二年）を主宰した。同人には壺田や高橋たか子（一九〇四－二〇〇〇）がいた。ごろっちょとは丹波の言葉でふくろうの意で、丹波生まれの深尾が名づけた。戦後は「女性詩」（一九五〇年六月－五二年六月）を創刊して発行者となった。村上成実（一九〇八－八〇）は長野県東筑摩郡生まれで、二十歳過ぎから「詩洋」に属した。戦争末期には故郷に戻り、松本市から詩誌「形象」「現代詩教程」を発行した。戦後上京し、一九五六年に草彦と名を改めた。詩集に『村の外』（詩洋社、一九三五年）、『橋姫』（木犀書房、一九七五年）など。

文芸評論家で北欧文学の翻訳家でもあった山室静（一九〇六－二〇〇〇）は鳥取生まれながら信

州の佐久で育ち、成人後に上京して、のちに詩誌「オルフェ」（一九六三年九月－九三年九月）の創刊に参加した。詩集に『時間の外で』（彌生書房、一九六七年）などがある。「オルフェ」は「花粉」（一九五七年九月－六二年十二月）を改題・再刊された詩誌で東京花粉の会発行、主宰者は藤原定（一九〇五－九〇）、編集同人は山室静と渋沢孝輔。

　第五集に初めて詩論「象徴」を載せた高橋玄一郎（一九〇四－七八）は、その後も長く「新詩人」で詩論を中心に活躍する。高橋が間を置いて発表する詩篇もなかなかに歯応えがあった。詩論の「象徴」とは象徴主義の意味である。敗戦国日本の詩的危機は、詩人が象徴主義の詩的技術とその方法的思想を把握していないところにあり、「欧羅巴にあつては、すでに、此の秩序は超現実主義の名称によつて詩的文化の世界的水準を高めると共に、その発展すべき序列に就いてゐる。しかるに我々に於ては未だに、中世紀的な遺髪が靡いてゆく風情があるではないか。一応は、あ・ら・もうど、としてのシウル・リアリズムが流行した現象ではあつたが、それは、字義通りのマフラアの色模様でしかなかつた」というのが主張点である。たしかに戦後のこの時期から、この流れに沿った詩人の真似事でない作品が生まれる機運が高まっていたのだろう。玄一郎の詩論は難しいとのうわさが当時からあったらしいが、いま読み返すと、むしろ明快で分かり易い。一見難解と受け取られたのは、段落の区切りが少なく、用語が翻訳調でありながらいささか古風に見えたせいではないかと想像する。

　高橋玄一郎は石川県輪島町（現輪島市）生まれ、幼少のときに松本市に移った。旧制松本中学を病気で中退し、その後は浅間温泉に定住、戦後に村長も務めた。詩歴は一九二七年に「詩之家」同人、衛星誌「リアン」（一九三二年－三七年）で中心的役割を果たし、「新詩論」などにも執筆した。詩集『春秋』（一九三三年）を「詩之家」から刊行。これらの詩業は戦後の『思想詩鈔』（中信詩人協会、一九四八年）にまとめられた。戦中の一九四一年に治安維持法違反容疑で検挙されている。戦後は「新詩人」「深志文学」「作家」「近代文学」などに詩や小説、評論、エッセイを発表。また山室静らとともに「オルフェ」でも活躍した。『高橋玄一郎文学全集』（既刊五冊、木菟館、一九七六年－七九年）がある。

　ここで誌名の出た「詩之家」などについていま少し記しておこう。この詩誌は一九二五年から三二年の間に全七十八冊を出した。主宰者・佐藤惣之助（一八九〇－一九四二）によれば「詩之家は友情をもつて成れり。即ち各自友なり」の信条に支えられ、七十名の同人が参集し、多くの新人を育てた。主な同人に竹中久七、八木重吉、高橋玄一郎、永瀬清子、潮田武雄、伊波《いば》南哲、沢木隆子など。一九二九年には潮田が編集発行者となり、竹中、高橋ら中核の同人により衛星誌「リアン」が刊行され、全十八冊を刊行した。同人には渡辺修三、久保田彦保、丸山泰治、津嘉山一穂、藤田三郎、中野嘉一ら。同誌は「詩之家」休刊後、竹中を中心にした詩論誌として非合法下で活動を続けた。昭和初期には「詩と詩論」（春山行夫編集、一九二八年九月－三一年十二月）と対比されるモダニズム誌とみられたが、しだいに超現実主義芸術とプロレタリア芸術との統一性を探るようになった。第一四集（一九三三年三月号）から非合法出版物とみなされ、第一七集（一九三四年七月号）は発刊禁止の処分を受けた。三年後に第一八集を出し終刊となる。

「詩之家」とほぼ同時期に刊行された有力詩誌に「椎の木」がある。この詩誌は一九二六年十月から断続的に刊行され、「椎の木」（第三次）は編集発行・百田宗治（一八九三－一九五五）で、一九三二年一月からほぼ月刊で全三十四冊を出した。同人に山内義雄、村野四郎、草野心平、田中冬二、保田與重郎、近藤東、さらには深尾須磨子、江間章子、沢木隆子らの女流や田木繁、大元清二郎ら社会主義派の詩人も加わった。一九三三、三四年の最盛期には七十名に近い執筆者が名を連ねたが、同人誌として特別の主張はなく、穏やかな抒情性を保ちながら多くの詩人を育成した。

さて、記述を「新詩人」第五集に戻すと、この集には村上成実の「「昨日の旗」作詩意図」（三月十二日付）という一文が載っている。これは村上が第三集に発表した「ぐつしよりと潮に濡れ、血と泥とによごれ／もはや見るかげもなく、――昨日の旗がずれさがつてゐる」ではじまる「昨日の旗」という詩を発表した意図を記し、ＧＨＱの民間検閲部と出版映画放送検閲課に差し出した意見書の再録である。要するに同人誌の詩が検閲に引っかかり、それを弁明したものである。日の丸の批判ないし否定が天皇制へのそれにつながるとみなされたのだろう。「本篇は一読せば判明する如く、旗に象徴せられたる日本軍国主義を徹底的に批判弾劾せんとする感情に基き制作せられたるものなり」と堂々と自説を展開し、さらには「平和国民にふさはしき沈静高尚なる新旗を制定して今後の日本の象徴とせられたき願ひを有す」と全能のＧＨＱへ要望を述べている。詩作者に注意を喚起するべく詩誌に再録したのだろうが、要を得た達文である。

村上の一文は、長野市から創刊されたばかりの全三十二ページの詩誌がすでにＧＨＱの検閲の対象になっていたことを示している。占領下日本での出版、放送、映画等の表現活動がどのように制限を受けていたかをうかがい知るために、「詩歌作家への注意」の要約をあげておこう（原文は「日本短歌」編集長木村捨録が読売新聞に発表）。

（イ）戦時色彩の残つたもの、（ロ）軍、特攻隊、玉砕、ナチス、大東亜等に好意的感動の発せられたもの、（ハ）連合軍や連合国人を対等の地位で批判し説述したもの、（ニ）朝鮮人、台湾人の如く誤認して例へば一億同胞といふがごときもの、（ホ）日本の敗戦は米国の物量と原子爆弾による等の自慰的な誤つた敗戦感をもつもの、（ヘ）連合軍の将兵、艦船、飛行機に対する慷慨的な詠嘆、（ト）日本が東亜の大国だといふやうなまた極端な神国振り、神がかり的なもの。

第六集（同六月号）には同人に加えて、田中冬二（一八九四－一九八〇）「古人」、岡本潤（一九〇一－七八）「鋼鉄の虹」、永瀬清子（一九〇六－九五）「わが一日」、高橋たか子「弥生」、秋谷豊（一九二二－二〇〇八）「小さな家」、福田夕咲（一八八六－一九四八）「白梅の賦」、山田嵯峨「佐渡行」、嶋崎（島崎）弦「林檎」といった多彩な顔ぶれの詩人の作品が並び、木暮彰と伊藤海彦が同人欄に推薦されている。「新詩人詩作品」欄に武村志保子（志保）（一九二三－七八）が前号に続き顔をみせている。この集から全四十ページに増えた。

長田恒雄（一九〇二－七七）はエッセイ「怒りとともに」で何を怒っているのか。「このまま、しづかに行列をつくつて、エスカレエタアでゆくやうに、健全な民主主義の楽園へ、僕らがゆかれるとしたら、僕らは詩なんか書きたくない」「連合軍から食糧がくる。住宅資材もくる。教育や警察の指導もくる。そのほかいろいろなものが贈られるといふ。けれども、日本人の思惟まではよこすわけにはゆかないだらう。それは僕ら自身でつくり出さなければならない」「(最近各地から送られてくる詩の雑誌をたのしく開いているが)しかし、作品自体は、七十パアセントまでは、十九世紀以前である。第一次世界大戦後の動揺さへも乗りこえてゐないものが多い。なかには象徴詩以前とも見えるものがある」と、嘆き怒る。そして岡村須磨子もエッセイ「詩人よ美しくあれ」でいう。

かつての文報詩部会役員等に対してもとやかく物申す人があるが、これ又結果論である。戦時中とにかく詩は大衆にもみとめられてゐたと思ふ。詩人は相当の活躍をした。今日となつてはそれが煽動者、戦犯者的呼ばはりを受けてゐるが気の毒に思ふ。戦時中詩を全く書かなかつた詩人は私の知つてゐる限りでは極少数、むしろ無いと云つてもよい程であつた。書けばかならず戦ひに対する匂ひが薄くともはいつてゐた。負けます様にと書いた人があつたかと云ひたい。書きたくとも書けば我が身あぶなしとカムフラージユしてゐたと云ふならば卑怯といふより他ない。こういふ卑怯な国民が各部門にゐたが故に今日を招いたとも云へよう。それ等の人達は何故堂々と身を殺しても所信を披瀝しなかつたかと云ひたくなる。

今日の目でみれば、この主張には異論のある人も多いと思うが、「負けます様にと書いた人があつたかと云ひたい」との敗戦直後の直截な実感を示す貴重な文章ではなかろうか。「すべての私有を灰にして、二十余年の詩稿も詩書も失つて、文字通り焼出されの生活を会津の奥に求めて、ラジオも持たず文化の恩恵にも遠い、明け暮れ」のなかで須磨子はこのエッセイをしたためた。

　この集の「あとがき」に鈴木初江は「最近、郵便の遅着はまだしも途中で行方不明になるのがかなりあつて、原稿依頼の場合など困つてしまふ」と愚痴っぽく述べている。詩誌の舞台裏ではこうした卑近な現実が編集者たちを悩ませていたのだった。

　第五集の壺田花子の詩をあげておこう。

春の約束　壺田花子

しづかに雪のきざはしを降りると
灰に埋もれた春が　ねむつてゐる
荒れた皮膚に　新らしい皮膚が生れ
女達の手がふたたび忍冬のやうに甘く匂ふ
子供達は焼け失せた家の夢を折々見るが
私は一度も見ない
それ等の明るい部屋部屋　多くの詩書は
失つた私の若い肉体と共に
いつも詩の蝶の彼方で　遊んでゐる

私の部屋は二つ
一切が貧しくなり　無一物に近くなつた私に
憤りはもはや氷りつめて　いこぢにさへなつた私に
春がやさしく　肩をたたく
振りかへると
いつぱいな白い鳩と緑の円柱　野薔薇の手毬

右肩に証紙を貼つた新円の喜劇の外で
私は静かに笑ひ出す

思ひがけない春の約束　氷のなかの
私は手を振る　私は雲の下を歩き出す
まぶたを透す　熱いしづくのあふれるままに

第五、六集の裏表紙には穂苅栄一詩集『山玩具』の広告が出た。広告文は「山は美しい夢に生きてゐる。山は華かにさびしい物語を秘めてゐる。そして山にはたのしい詩がある」ではじまる。第六集「季節の声」欄の穂苅の随想「田園短信　1」には「やうやくにして砂糖大根の種が手に入つた。去年は近所から少し貰つて播いたが、甘かつた。こいつを千切りにしてよく煮出しその汁を煮物や飴ころ餅に入れて食べると堪へられない程うまい。今年の秋はあの古風な祭りの太鼓の音を聞きながら砂糖大根の入つたあまい餅をどつさり食べられるといゝが」と書いている。同じ信毎編集局勤めながら田中聖二とは好対照である。

一九四六年前半には「新詩人」と足並みを揃えるようにして少なからぬ詩誌が創復刊された。そのうちのいくつかをあげておこう。

「現代詩」1巻6号、1946年7月

「現代詩」は一九四六年二月に詩と詩人社（浅井十三郎主宰の「詩と詩人」誌の発行元）から発刊された。編集者は創刊号から一五号までが杉浦伊作で、創刊以降の同人として北川冬彦、笹沢美明、城左門、山崎馨、木下夕爾、岡崎清一郎、小林善雄、中桐雅夫、大江満雄、安藤一郎、近藤東、野田宇太郎、神保光太郎、安西冬衛、田中冬二、浅井らが参加し、戦前から活躍していた詩人が多様な詩活動を展開した。第一六号（一九四八年一月号）からは改組し、北川を事実上の編集者として、安西、安藤、浅井、江口榛一、北園克衛、笹沢、阪本越郎、杉浦、瀧口修造、永瀬清子、村野四郎、吉田一穂の十三名が同人となって、「純正詩」の正統性の確立と詩人の自立を目指した。桜井勝美によると、一九五〇年六月に三七号を出して終刊。

「新詩派」は一九四六年三月から五〇年一月に通巻十

冊を刊行した。編集者は平林敏彦、編集担当として吉田善彦、園部亮、柴田元男。「荒地」（第二次）発刊以前の鮎川信夫、田村隆一、三好豊一郎も加わった。創刊号には同世代の小田雅彦、秋谷豊、福田律郎らも詩を書き、近藤東が論文「今日の詩人」を寄せた。主な同人はほかに高田新、牧章造、毛利昇、山村祐、佐々木陽一郎ら。「「無名なるもの」が主体的に、戦争によって崩壊した詩の回生をはからなければならないことを、強く促し」（平林敏彦）、戦後のごく早期に戦時の傷跡に正面から向き合う詩作品を発表した。この詩誌での平林の画期的な詩業はのちに詩集『廃墟』（書肆ユリイカ、一九五一年）に収められた。

「詩と詩人」は戦前の一九三九年六月に「詩生活」同人を中心に主宰者浅井十三郎の郷里新潟から発刊され、内田博、田中清司、寺田弘、大滝清雄、田村昌由、河邨文一郎、戦後に長谷川龍生、御庄博実、湯口三郎、亀井義男らが参加した。一九四五年五月に一時中断したが、翌年三月に復刊し、一九五七年三月の終刊までに百十一冊を刊行した。

「純粋詩」は「日本詩壇」（一九三三年十二月‐四四年四月）同人であった福田律郎と小野連司、秋谷豊らが加わって一九四六年三月に創刊され、以後一九四八年八月までに二十七冊を刊行した。初期活動のなかでは戦後の抒情詩の可能性を探る秋谷の試みや、八束龍平、平林敏彦らの詩が注目された。第一〇号（一九四六年十二月号）は面目を一新して「昭和二十一年度詩集」が編まれるとともに、福田、小野、秋谷、八束らのほか鮎川信夫、北村太郎（松村文雄）、中桐雅夫、小田雅彦、木原孝一、井手則雄、関根弘らの作品を収載した。だが秋谷は「ゆうとぴあ」（岩谷書店、一九四六年九月‐四七年五月）創刊に参画するためこの一〇号で退き、一九四七年九月には「荒地」が創刊されて、北村、鮎川、三好豊一郎、田村隆一、中桐、木原らが徐々に離れた。「純粋詩」は二八集（一九四八年九月号）から「造型文学」と改題し、福田の編集発行で七冊（一九四九年十月号まで）を刊行した。「造型文学」は社会主義的リアリズムに接近する文芸誌の性格を持ち、政治性を強めながら終息に至った。

「コスモス」は一九四六年四月に秋山清（一九〇四‐八八）を編集発行者として創刊され、金子光晴、岡本潤、小野十三郎らが編集に携わった。人民的詩精神が主張され、戦後詩の最初期に重要な役割を果たした。一九四八年十月に十二冊を出して一時休刊し、一年後に安東次男、押切順三、錦米次郎らを加えて復刊、その後も断続して続き一九五〇年十月までに十七冊を刊行した。

ほかに以下の詩誌が同時期の「新詩人」の「文化消息」欄などに紹介されている（前掲分を除く）。「彩雲」（呉）、「烈風」（呉）、「女性詩」（都・品川）、「ルネサンス」（都・四谷）、「日本海」（金沢）、「告天使」（鯖江）、「国鉄詩人」（都・下谷）、「花」（大船）、「神奈川詩人」（横浜）、「新詩友」（秋田）、「若い人」（都・中野）、「高原」（小諸）、「たびゞと」（新潟）、「北信文学」（長野）、「新樹」（西尾）など。

「荒地」（第二次）2巻1号、1948年1月

この章であつかった時期すなわち一九四六年二月から六月の間に世の中で起きた出来事のいくつかをあげてみよう。完全失業者は一五九万人、潜在失業者を含

めると六百万人に達した。メーデーが十一年ぶりに復活し、東京世田谷区の米よこせ区民大会は宮城へのデモに発展した。五・十九食糧メーデーでのプラカード「国体はゴジされたぞ、朕はタラフク食っているぞ、ナンジ人民飢えて死ね」が不敬罪で起訴され有罪となった。農水省は月十日間の食糧休暇を決定した。文部省体育局が戦前の一九三七年と一九四五年の児童の体位比較を発表、六年女児の萎縮が顕著で体重で二・二キロ、身長で四・四センチ減。極東国際軍事裁判所が開廷し、二十八名のＡ級戦犯容疑者が起訴された。預金封鎖に伴い新円が発行され、新旧円の交換がはじまった。引用した壺田花子の詩にあるように、新円の発行が調わず旧紙幣に証紙を貼って間に合わせた。部落解放全国委員会が結成された。ＧＨＱは日本製ペニシリン市販を許可した。出版報道関係では、「リーダース・ダイジェスト」日本語版の創刊、ラジオの放送討論会、街頭録音の放送、平川唯一の「英語会話」がはじまった。長谷川町子作の漫画「サザエさん」、夕刊フクニチに連載はじまる。「暮しの手帖」「思想の科学」創刊。

第三章　創刊一年目（後半）　1946.7-46.12

この章では「新詩人」の第七集（一九四六年七月号）から第一二集（同十二月号）までを振り返る。

創刊から半年が過ぎた。これまでに月刊誌として六冊を発行し、各号四十ページを維持している。第七集には同人作品に加えて、安藤一郎（一九〇七-七二）「東京哀歌」、井上淑子「風波」、石原広文「春ゆかんとする日の歌」、小田邦雄「瞳」、小林英俊（一九〇六-五九）「憂愁偈」が掲載されている。「職業」と題した小出ふみ子の詩は「縁側を雑巾でふいてゐると娘がいふ／〝あら　よそのお母さんみたい〟」ではじまる。文面からは作者が会社勤めを辞めた後の詩ととれるが、詳細は分からない。小出は信毎に一九四一年四月に入社し、取材記者として一九四七年四月まで勤めた。ここではまだ信毎の現役の記者でもあった。

伊波南哲（一九〇二-七六）はエッセイ「詩人の感覚」で「都会生活から、田舎生活に急変したものには、孤独に徹する機会に恵れることが多いのであるが、周囲に馴染が増え、村に知己が多くなるにつれて、孤独の牙城が侵され、遂に孤独と訣別するときがくる。物に馴れるといふことは、感覚を摺り減らしたときである」と田舎の空気を一時吸う都会人の嗅覚をうまく表現している。これは長野県上高井郡に疎開しその頃東京に戻った鈴木初江の詩集『女身』への感想として書かれたものだが、「疎開」という身辺の出来事に対する都会人一般の見方をいい当てている。「新詩人」自体をそうした疎開先とみた都会派詩人がいなかったとはいえないだろう。無粋な言い方をすれば、「新詩人」のほうでもこうして都会の空気をいくらかは味わせてもらったわけである。伊波南哲は沖縄の石垣島出身で、上京して警視庁に勤めながら佐藤惣之助主宰の「詩之家」の同人となった。詩集に『伊波南哲詩集』（東京未来社、一九六〇年）などがある。

　福田正夫は「文学行動のモラル性」（第四集）に続いてエッセイ「ヴアレリイの精神回顧」で、「我々は今日までに相当近代思想をつかんだつもりでゐるし、いまの民主々義の理解も相当あるつもりらしいが、欧米が血の革命を越えて来たものを、皮相に得ようとした過去とそのあとの空白な十余年を持つことは否み得ない」と述べる。敗戦数か月後の沈着な思いである。

　田中聖二の地元松代で詩話会が催され二十八名が出席した。この前後から「新詩人」を中心とした詩話会が県下の各地で開かれるようになる。こうして雑誌の刊行を軸に詩話会、添削指導、詩集出版と「新詩人」は活動の拡がりをみせる。鈴木初江は第七集の「あとがき」で前号の岡村須磨子のエッセイ「詩人よ美しくあれ」を受けるように、「戦争中、沢山の戦争詩をかいてゐた人が忘れたやうに民主々義を讃へてゐることに憤りを感ずるのはいい、けれどこんなことはいつの時代にもあつた筈だ。戦時中も、現在もそれらは共に時代の泡だ。真実のものはもつと下に、底に、流れてゐる」と記す。その後も繰り返し語られてきた私たちすべての課題である。現実の疎開生活についても、「空や山のこよなく美しいこの信州にゐて、五月を楽しめなかつたことは情ない気がする。それは毎日の新聞の報ずる惨ましい現状が、私の弱つた精神を更に痛めつける。一刻々々農村にも迫りつゝある食糧飢餓の前に、金のないものは実に空しい」と述べる。鈴木初江はこの頃から体調を崩していたようだ。

「新詩人」では女詩人詩集『愛の詩』を予約出版することとなった。「「愛」をいのちとする女性の立場からまた身を以て戦禍を呪ふ日本の女性詩人として、広く「愛」をとほして世界人類の母と女性に呼応すべき」愛の詩をまとめたのである。執筆者には深尾須磨子、永瀬清子、館美保子、江間章子、井上淑子、壺田花子、岡村須磨子、小出ふみ子らの名が並び、編集は鈴木初江が担当した。

第八集（同八月号）には同人作品とともに、福田夕咲「春蘭」、三木露風（一八八九－一九六四）「盛んな象」、井上康文（一八九七－一九七三）「心の荒地」、杉浦伊作「彼女の抒情詩」、山本藤枝「開墾農場にて」、吉田暁一郎「濤の歌」が掲載されている。この月は終戦のちょうど一年目に当たるが、これに関する感慨を述べた文はこの号に見当たらない。ここでは戦中と戦後を区切る終戦という出来事への対応が、先に第一章で述べたことと符号して、いわば淡泊なのである。しかし日本は、とくに被災地は食糧難の真っ只中にあった。〝人生派のうちの生活派〟井上康文の短い詩が戦後一年目を迎えた詩人の感慨を代弁している。

心の荒地　井上康文

心の荒地を耕やさう、
貧しいのは今日の糧のみではない、
飢えてゐるのは體のみではない。
眼に沁みる六月の空の暗さに、
怖れと哀しみがあり、
荒れた心が戦く、
若葉青葉の香気が強く、
天地にひろがり漲つてゐる。
あゝ飢えてゐるのは體のみではない、
暗澹たる飢餓に苦しむ日本、
心は荒れて花も咲かず、
まして緑の香気すらない。
暗い空を見上げて、悲しくも、
心の荒地を耕やさうと、
切々の思ひが胸に痛む。

「文化ニュース」欄は浦和詩話会が杉浦伊作、北川冬彦、神保光太郎、小林善雄、寺田弘らによって発足したことを伝えている。前述のとおり、この年（一九四六）二月に北川、杉浦らにより「現代詩」が創刊され、これがのちの（日本）現代詩人会の母胎になったのは周知のことである。「あとがき」に記すところでは、鈴木初江は一年四か月の疎開生活を終えて東京中野に移ることになり、それを機会に、健康上の理由もあって以後は編集の実務から退く。「詩苑」欄の選後感によると、投稿総数は先月よりもさらに六十篇ほども増え、質も向上して、選をするのも喜びとともに困難さも伴ったという。全体数としてはどれほどの投稿者があったのだろう。熱心な人として、後年同人として活躍する松島甲子芳や臼田登尾留らの名がみえる。伊那谷での詩話会は田植えや春蚕の上蔟《まぶし》と重なったが二十六名の参加があった。詩話会などの日頃の活動が投稿者の増加や質の向上に結びついたのだろう。

　第九集（同九月号）には同人の作品のほかに、前田鉄之助「海辺で」、川路柳虹（一八八八－一九五九）「蜜蜂の歌」、高田凡平「期待」、伊波南哲「みなみに向けば」、駒沢真澄「青葉の炎」、岩佐東一郎「生きる」、高橋たか子「息子のうた」などの作品が寄せられた。東京に移った鈴木初江に替わり田中聖二が編集者に復帰した。この号は穂苅栄一の詩集『山玩具』への読後感を特集し、特別に四十八ページに増やしている。これは前月に、速達の封を切れば新詩人の洋紙割当票が入っていて前期分の三倍半に増配、これで闇値の紙を買わなくて済む、と安堵したことと符合する。『山玩具』は二か月で初版を完売した。この時代によくぞというべきか、活字に餓えていた時代だからこそというべきか。この穂苅は「季節の声」欄にいも泥、りんご泥、すいか泥のことを書いていて「十貫からりんごを盗られ腹立ちまぎれに垣根の下へ釘をうつた板をならべておいたら釘を踏んだのか血がついてゐた」などと面白い話が続く。

　また全信州詩人連盟の結成を大島、田中、穂苅、村上らが発起人になって呼びかけている。連盟の事務所は信濃書房内つまり小出の住所（長野市岡田）に置く予定である。しばらく前に新潟県詩人協会（発起人、北町一郎、浅井十三郎ほか）が結成されたことが大いに刺激になったのだろう。

　岡村民「姉の子武の霊に送る」は仏印から「一度に林檎を十も二十も食べたい」と便りを寄越しながら、りんごの匂いもかがずに終戦の一か月前に戦死した甥のことを、ちょうど一年後にうたっている。創刊号の小出ふみ子の「静謐——弟中島睦男へ」もそうであったが、たとえ住居が被災しなくとも家族親族に戦争の犠牲者を出した人々は多かった。この哀しみの記憶は時を経、時代が移り変わっても、癒され忘れられることではない。「小雨ふる六月の夜の中を／この人間《ひと》の世の闇を縫ひ／重いカンテラさげて／陰湿な田の面を低く、お前はとぶ」ではじまる村上成実の「蛍」と題した長い詩は、先の見通せない辛い時代に、水から生まれた微かな光に一縷の望みを見出そうとする佳作である。

　大江満雄（一九〇六‐九一）は詩論「日本詩歌の開放性」で「日清、日露、前大戦の時には、やや理性的であつた詩人も今大戦では、ともかく国家と運命を共にしようとしたが、しだいに犠牲的な精神や献身的な行為に悔恨を覚えだしたといふことが一般的にいへよう」としたうえで、自身の体験と立場を次のように披瀝する。

> 私自身、についていへば十八年に「地球民の歌」を書き、無題詩に暖流と寒流の相合な象徴的表現をとり、「ゆめ」を書き、「戦争詩論（機械に対する日本人の思想）」を書き、つひに逃避した。（中略）草野心平編の中国国民に贈る詩集に詩を送れと、さいそくしてきた池田（克己）君の電報に動かされながら二月も書いては消して、つひに勝者の立場ではまとめ得なかつた私は、ひそかに美しく敗れたいとのみ考へる様になつてゐたから、終戦の時、かつてない喜びの声を放つた。（中略）私たちは戦争の責任についていふとき、いささかも自己の責任としない。けれども敗戦の責任は当然負ふべきだと思つてゐる。戦争に積極的に参加しなかつた心理と、積極的に政府と闘はなかつたといふ心理に、なにか、自己をまもらうとするもの、次の時代への準備を意識したものがあるといふことがいへるけれども、そこにも敗北があるといふは、おほひかくすことはできぬからである。私たちは、明治に生れ大正の少年として育ち、昭和期から開放文学の扉を開かうとして努力しながら、いつのまにか潑剌さを失つてゐた（後略）

第一〇集（同十月号）の表紙絵は耳野卯三郎のかぼちゃの花の絵である。これも簡素で好ましい。この集には金子光晴（一八九五－一九七五）「短章」、矢野克子「屋根なをし」、大江満雄「山上の葡萄園まで」、近藤東（一九〇四－八八）「明日の糧」、関根あい子「プロセス」の詩篇が並び、寺野智が同人欄に推薦されている。この集は「新詩人集」として新人の作品を特集しているが、選ばれた二十四篇のなかでは市瀬久美「工場」、武村しほ子（志保）「星」、小出乃ぶ子「希望」、また「詩苑」欄の十八篇中では吉沢祐直「鐘は鳴る――終戦一年に」、林冬樹「弟に」などが、それぞれ個性ある独自の詩想の伝わってくるよい詩作品である。ほかに選外佳作者の八十四人の氏名が列記されており、新しい書き手たちによる投稿の盛況ぶりがうかがえる。

三木露風の詩論「米国詩壇」では、おしなべて現在活躍している米国の詩人は現代意識を深く保っていると述べ、エドウィン・A・ロビンソンとエズラ・パウンドの例をあげている。原一郎の詩論「詩と内含的表現」では雑誌「中国文学」に載った郭沫若論を引いて、すぐれた詩の要件は華麗な詞藻による情緒の表現ではなく豊かな内含的表現であると説く。

「茶漬けの文学」と題するエッセイで吉田暁一郎は穂苅栄一詩集『山玩具』の読後感に触れ、すべからく文学は動物的な野性をもつものと、それと対照をなす植物的なものとがあるが、この詩集は明らかに後者であり、お茶漬けをさらさらかき込むように心地よいという。今様にいえば、肉食系でなく草食系ということか。近頃のように荒びきった社会情勢下では、猛々しい現実思想は人の夢や潤いを強烈に傷つけるが、狭い考えのみにこだわる文学も同じこと。「この詩集は、そのやうな短い敗残的な時間の争ひを好まず、むしろその苦々しい現実を完全に超越して、深い高い山にきて、自然のありのまゝを愛し、人間の真心の一滴をこよなく胸に静めてゐる」と吉田はいう。いつの時代にもさまざまな視座からの詩篇や詩集がそれぞれに自己主張してよいわけである。

第一一集（同十一月号）には同人外の作品として、竹中久七（一九〇七-六二）「雅歌」、大滝清雄（一九一四-九八）「生命」、野長瀬正夫（一九〇六-八四）「紀州の、とある海辺の町にて」、坂口淳「秋」、武内辰郎「八月の悲歌」が掲載されている。藤田三郎（一九〇六-八五）の詩論「詩の桎梏」にいう桎梏とは何だろうか。それは和歌、俳句の音数律、西洋象徴詩の韻律であり、この近代の詩に取り憑いている中世的なものから詩人は解放されるべきだと主張する。藤田はいう、経験によって近代の詩表現に韻律が適さないことを知り、それに頼らない詩人でさえも、聴覚にうったえない詩は大したことはないと思っている、だが、それは詩の論理や歴史への認識が足りないからだと。ここでは論拠を順序立てて紹介する余裕はないが、「詩は耳に訴えるものではなく、眼でみて考えるものだ」というのである。「いや、そうではない、自分はこうしている」と藤田に真っ向から反論できる詩人は今日でも少ないだろう。藤田は言わずもがなの事柄を正面切って述べたのである。「詩の桎梏」の主張は日本現代詩を論ずるさまざまな場面でもっと引用されてよい。

次の村上成実「詩人の節操に就て」も、現在ではほとんどお目にかかることのない身体を張っての一文である。村上はいう。最近の諸詩誌をみておどろかされるのは、戦時中面を背けたいほどの低俗さで侵略戦争や神秘的主義を謳歌し愛国詩を本気で書き下品な言葉を弄して相手国を罵倒していた詩人たちが、いま別人のように口をぬぐい一端の顔をして民主主義を高唱し自由を謳歌していることだと。このおどろくべき安易な転向は本当なんでしょうね今度は大丈夫でしょうね、と芯から念を押してみたくなる、という。

五十嵐清一のエッセイ「一年前」では、終戦間近の一九四五年五月に都会から田舎町に転勤になり山肌迫る田園のなかの一軒家に妻と移り住んだ折のことを回想している。「いまどき嘘のやうであつたが、まれにＢ29が一機はるか高い空を横切つてゆくと、土地の人々は珍らしさうに小手をかざして」眺めるが、連日連夜腹の底に響く敵機の爆音に暗い防空壕に逃れ観念した惨めな都会生活をふと忘れて、自分も一緒になって高い空を仰いでしまう。そして妻とお膳を前に雑炊を音たてすすりながら、ふと目が合うと思わず二人とも感傷的な気持ちになって眸を伏せてしまう。この実感を甦らせる年配者は少なくないだろう。この田舎生活は第七集で伊波南哲が述べた「孤独の牙城」とはだいぶん異なる。五十嵐夫妻は戦時下の苛酷な都会生活から逃れて人心地をつき、芯からほっとして生きる有難味を覚えている。

「季節なき南方より還りて久し振りに秋を親しむ」と前書きした坂口淳の詩「秋」もまた然り。小出ふみ子の詩「着物」（第三集）をさらに思い返す。

　秋　坂口淳

足かけ九年も
戦争に駆り出されて
外地で暮して了つた私は
もう娘の着物の柄なんぞ
なかば忘れかけてゐたのだつたが——
〝お祭りが来るので〟と言つて

妻が庭先で洗ひ張りをしてゐる
一張羅の　晴着を見れば

まあなんと
生きる事に疲れて
暗くなつたこゝろに
華麗な扇を
ぱつと明るく展げてくれる事よ、
（後略）

北川冬彦のエッセイ「近代詩説話」が興味深い。山村暮鳥（一八八四－一九二四）が詩集『聖三稜玻璃』（にんぎょ社）を出したのは一九一五年、冬彦が中学二年生の頃だったという。このなかの「囈言《うはごと》」という詩は難解晦渋で有名らしい。「竊盗金魚／強盗喇叭／恐喝胡弓／賭博ねこ／詐欺更紗／瀆職天鵞絨《びらうど》／姦淫林檎／傷害雲雀《ひばり》／殺人ちゆりつぷ／堕胎陰影／騒擾ゆき／放火まるめろ／誘拐かすてえら。」の十二行である。室生犀星が序文に「恐るべき新代生活者が辿るものまにあの道」と書いているのも周知らしい。冬彦はいう、牧師の暮鳥は手広く邪悪の観念を羅列し、それらに一つ一つ具象物を連ねて戯れ愉しんだのだろうと。たとえば、ふつうならば金魚のような窃盗、胡弓のような恐喝、林檎のような姦淫というところを、窃盗と金魚、恐喝と胡弓、姦淫と林檎、とシュルレアリストの自動発想のように奇矯な連想を形づくったのだ。この説明はシュルレアリスムが大衆文化に拡散してしまった今日の私たちをはっとさせるものではない。しかし、この詩の由来は俳諧の連想飛躍の作法に暗示されたのではないか、むしろ俳諧よりも常識的でさえある、との指摘は冬彦らしい。おそらく疎開中の信州篠井で書いたものだろう。

さて、第一一集の「あとがき」に小出ふみ子がこう記している。「この頃、詩を作る人々に逢つて所謂「詩壇」といふものも推察できてきたが、最も嫌なことは既成詩人のする仲間ほめといふことだ。礼儀だかなんだか知らないが、良いものは良い悪いものは悪いと正しく批判したいもので仲間ほめをする人人を知ると私はその人人は地位が弱い故と思ひたくなる」。後年の「都会への絶望」につながる一面をみることができるが、余所目には「女傑」の片鱗と映ったことだろう。「既成詩人」という表現もこの頃には定着しつつあった様子がうかがえる。

終戦の二年目も最後の月に入った。第一二集（同十二月号）には同人作品に加えて、福田正夫「眠らざる夢」、三木露風「冷厳」、方等《ほうとう》みゆき（一八九六－一九五八）「かたへに坐して」、山室静「寂光の河に」、草飼稔「水辺の歌」、小林英俊「百円札」、矢野克子「母」、真下五一「蜜柑の行灯」の八篇の詩が連なっている。「かすかな除夜の鐘を封じこめるが如くまつげを伏せて／銘仙の春着縫ふ子よ」とうたう方等みゆき「かたへに坐して」は先にあげた二篇の詩「着物」と「秋」をつい連想させた。こちらは昭和十八年一月作とある。「あいつは百円札みたい値打の無い奴だ」「あいつは新円みたい信用できない奴だ」「新日本よ、俺はお前にめぐり会つてから死に度い！」という小林英俊の詩「百円札」も佳作である。「次男戦死確認報ありし前夜作」の添え書きのある福田正夫「眠らざる夢」は胸を打つ。

眠らざる夢　福田正夫

真昼の風が凪いだのも　このひとりへ
思ひひそやかに　しのんでこいといふのか、
大気のしづくこゑが、無言でうたふ。
そのひろがりは　彼とつながる一つの圏、
もういゝ　深夜よそのまゝ崩れてしまへ。

ほそぼそと　蜘蛛の糸に魂を吊るして
身内にしみ込む感覚の腐れ——
静脈の血は　青い悸きを心臓から引出す。
ポタポタ垂れる創口に　何にを巻かう、
溺れる知性はそのまゝ痴れる　瀦溜の中。

招かざるゆめを　沈黙の流れに描くと
これも　深夜の白日夢であらう。
かびしもの心に生え　蒼白きもの生え

ねぢけた神経が　骨をきしませる呻きよ
こゝは　たづねる影もないひろい「無」の国。

詩論では竹中久七が「感情の詩から理知の詩への道」で「詩には感情の赴く儘に書く詩と理智で構成する詩がある」が、「理智で書く詩を詩論的訓練を省略して感覚的に模倣すると実にとんでもない支離滅裂なものが生れる」と持論を展開している。また第一二集では「新詩人」からの「「日本の詩」への回顧と今後の方向について」の問いかけに、前田鉄之助、岡本潤、深尾須磨子、長田恒雄、秋山清の五人が本音の言葉で応えている。五人五様の考えの発露は、戦後民主主義が詩人の社会にも浸透しつつある証しかもしれない。

　五人の主張点を要約すると、前田は「無秩序のやうに見えて其実、各自の個性が発展してゆく面白い時代が見られるかも知れない」と楽観的に考える。終戦後の日本の詩と詩壇が活発な動きをみせなかったことは、混沌とした社会情勢のもとではやむを得なかった。そのなかで自分の詩性を育てて、それぞれの道をひた向きに進んでいた人々のあったことはうれしかった。日本の民主主義の政情からも、自由な気風が漲っていくのは大切なこと。国際化のなかに日本固有の詩感が流れ入っていくのもよいだろう。このように期待を寄せる。岡本は「流れのまゝにといふ追随性は、軍国主義から「民主主義」へのうつりかはりにも、たいして不便をかんじてゐないやうに見うけられ」るとやや冷ややかにみている。終戦以来の日本の詩といっても色々あり一口にいえないが、ざっとみたところ、慌ただしい変貌ぶりも多くは表皮的現象で、本質的な変革ではなさそうだ。うるさいことを避けてもっぱらささやかな抒情詩的気分に浸る向きもある。詩精神の根本的変革があって初めて方向が決定されるとの意図をもって、自分たちは詩誌「コスモス」を続けていきたいが、当然、反動詩派との闘争は避けがたい、とみる。

深尾は「狂人的詩人、革命的詩人出現せよ！といのらずにはゐられませぬ」といいたくなるほどに、今日の曖昧で微温的な詩人の態度を寂しく思う。「花」一派にいささか溜飲を下げ、最近登場した「気球」の暴れ方や「新詩人」の真摯な歩みなどに期待しながらも、あまりにも常識化した詩人の氾濫が物足りない。苦悩もなく慟哭もない詩人、そんなものを今日の日本に想像できるだろうか。常に社会とともに、大衆とともに苦しみ抜く、そしてその苦悩を純粋な詩によって表現する。詩にも革命を！そのために詩人の生活にまず革命を！と念じてやまない。長田は「詩壇の有名な感情的セクショナリズムは一向に清算されてゐない」、主義主張の対立はいかに熾烈でもよいが、個人的感情だけで対立している場合ではあるまい、これも知性の不足からくる病根であるとまず批判する。それに、詩にしろエッセイにしろ、変に割り切れない、含みのある言説が多く、ぎりぎりのところでものを言っている人が少ない。自分は「ルネサンス」誌でもいつも書いているが、真のアヴァンギャルドの精神で進まなければ嘘だと考える。

秋山は「今後――或る時まで――多くの日本の詩と詩人は、進むべきでないその方向へ進むでせう」と、さらに悲観的である。終戦後の詩人について最も印象的なのは、戦時中に神懸かった侵略的な作品を発表し行動した多くの詩人が、それと打って変わった民主主義的な詩を急に書きはじめたことである。戦時中に自分たちがやってきたことがどんな意義をもつかを、しっかり反省した詩人は少ない。仮にそうしたとしても「反省した」こと自体が一つの保身であるような印象さえ与える。民主主義の小出しはするが自由への探求を精力的にするのではなく、目先の社会情勢に順応または服従するのみで、それから先に出ようとはしていない、と批判する。

第一二集「あとがき」には「本号で丁度一年になる。仕事はこれからだと思ふ。「新詩人」の方向については是非の論があつたし、また批判さるべきものが多かつた。それらも遂次よき方向へ搬んで行きたい。すべてはこれからである」との穂苅の言がある。女詩人詩集『愛の詩』は紙不足で発行が遅れているようだ。十一、十二月にはＮＨＫ長野放送局の「朝の信濃」の番組で穂苅と小出が自作詩を朗読した。

この年の九月には「荒地」（第二次）と「ゆうとぴあ」が発刊されている。

「荒地」（第二次）は一九四七年九月から四八年六月に全六冊を刊行した。一、二号は田村隆一の編集（岩谷書店）、三号以後は黒田三郎が編集（東京書店）した。鮎川信夫、中桐雅夫、北村太郎、木原孝一、三好豊一郎らが同人として参加した。戦前の「荒地」（第一次）（一九三九年三月－四〇年五月）とは鮎川を除けば直接のつながりはない。誌名はＴ・Ｓ・エリオットの同名詩集に由来する。同人たちに共通するのは現代を戦乱の荒地とみる一種の喪失感であった（金子博）。雑誌終刊の三年後から出版された年刊『荒地詩集』（全八冊、一九五一年－五八年）によって「荒地の詩人」たちは本領を発揮したといわれ、『詩集』終了後もこれらの詩人たちはさらに独自の詩業を重ねた。この『荒地詩集』に作品を発表したのは右の同人のほかに、高橋宗近、加島祥造、衣更着信、堀田善衞らで、のちに高野喜久雄、中江俊夫、吉本隆明、石原吉郎らが加わった。

「ゆうとぴあ」は一九四六年九月に「近代詩苑」のあとを受けて岩谷書店から創刊され、城左門が編集に当たったが、翌年八月には「詩学」と改題した。「詩学」（岩谷書店、のちに詩学社刊）は当初、城、木原孝一、嵯峨信之が編集を担ったが、のちに嵯峨の単独編集となった。戦後初の現代詩の総合月刊誌として啓蒙的役割を果たし、約半世紀にわたって新しい詩人の発見と育成に力を注いだ。

「ゆうとぴあ」第3号、1946年12号

「詩学」に加えて戦後発刊された主要な現代詩の月刊総合誌に「ユリイカ」と「現代詩手帖」がある。「ユリイカ」（第一次）は一九五六年十月、伊達得夫を編集者として書肆ユリイカから創刊され、一九六一年二月に伊達の急逝により終刊するまでに五十三冊が刊行された。「ユリイカ」（第二次）は一九六九年七月に清水康雄により青土社から刊行され、現在に至っている。また「現代詩手帖」は一九五九年六月に小田久郎によって思潮社から創刊された。投稿誌「文章倶楽部」（のちに「文章クラブ」、牧野書店）の編集者であった小田が一九五六年一月に思潮社を設立し、当初の「世代」を「現代詩手帖」に引き継いだ。同誌は創刊以来、仲間・結社意識のない詩の専門誌を目指し、幅広く才能ある新人を登用する主導的な総合詩誌として今日に至っている。

一九四六年後半の主な出来事を振り返ってみよう。ラジオ番組の「尋ね人」「話の泉」などがはじまった。内閣直属の新聞および出版用紙割当委員会が新発足。人工甘味料ズルチンの販売が許可された。南氷洋捕鯨が再開して新船団が出航した。第一回国体、京都、大阪を中心に開催。主食配給二合五勺に増配。日本国憲法公布される。当用漢字一八五〇字と現代かなづかいが公示。石炭不足のため旅客列車を十六％削減し、一月から四月の三か月は急行列車を全廃した。国鉄ゼネスト、海員組合ゼネスト。樺太、シベリアからの引揚第一船入港。この年、発疹チフス、天然痘、コレラの死者各三三五一、三〇二九、五六〇名。桑原武夫「第二芸術――現代俳句について」が「世界」十一月号に、小林秀雄「モオツァルト」が「創元」十二月号に。雑誌「中央公論」「改造」「婦人公論」「日本評論」「三田文学」「アトリエ」「みづゑ」「キネマ旬報」「テアトロ」などが復刊、「主婦と生活」「リベラル」「評論」「朝日評論」「思索」「少年」「宝石」「思潮」「創元」「文学季刊」「東北文学」「人民短歌」など多数が創刊された。

追加資料（第七－一二集）

文化消息欄・受贈誌欄等にみる一九四六年後半期の新刊詩集

井上康文『山上の蝶』（寺本書店、日本橋区）前田鉄之助『点滴詩抄』（目黒書店、神田区）同『師父』（大元社、中野区）安西冬衛『韃靼海峡と蝶』（大阪文化人書房）永瀬清子『星座の娘』（目黒書店）福田正夫『高原の処女』（一聯社、芝区）同『嘆きの孔雀』（一聯社）金子真次『冬木立』（私家版）竹月冬『蕗の葉』小野宗嗣『行くよりも』川島与八郎『迂潤な人間』木下夕爾『昔の歌』

創復刊詩誌（前掲分を除く）

「蠟人形」「四季」（三次）「東北詩人」「ＶＯＵ」（二次）「詩と教養」「詩文学」「日本詩人」「純粋詩」「詩と詩人」「爐」「山脈詩派」「新生詩人」「南海詩人」「建設詩人」「火の鳥」「九州詩人」「詩火」「新詩潮」「星座」「銀河」「さめてあれ」「幌馬車」「さきがけ」「五十鈴」「雪」「ばら」「詩風土」「高管詩人」「ながれ」「青燈」「詩洋」「せゝらぎ」「天使」「オーロラ」「芽」「はまなす」「磁針」「詩街」「自由詩人」「草の葉」「かぜ」「白樺」「人形」「北の人」「詩潮」「芽生」「ゆうとぴあ」「日本浪漫派」「笛」など

第四章　創刊二年目　1947.1－47.12

「新詩人」は創刊二年目という最もだいじな時期に差しかかった。この章では第一三集（一九四七年一月号）から第二三集（同十二月号）までをまとめる。この年の特殊事情により五・六月号（第一七集）は合併号となった。というのは四月一日からの六三制教育実施に伴い新漢字、新かなづかいの国定教科書が使用開始となり、さらに五月三日の新憲法施行に先立ち四月二十日に第一回参議院選挙、四月二十五日には第二十三回衆議院総選挙があった。「わが信濃書籍印刷が如何に教科書印刷、選挙用印刷に追ひまくられてゐたか」が推察され、この遅れを見越してやむなく五・六月号を一冊としたのだった。占領下での新制度の一斉実施という歴史的にも稀な事態だった。

一月号掲載の住所録によると、二年目は編集同人五名（穂苅栄一、田中聖二、中村福栄、小出ふみ子、鈴木初江）と十一名の同人（村上成実、岡村須磨子、岡村民、壺田花子、大島博光、大井加奈夫、矢野克子、関根あい子、駒沢真澄、篠崎栄二、島崎弦、いろは順）という構成である。一年間で同人は大きく入れ替わった。新加入の同人のうち、岡村須磨子、壺田、矢野の三人は東京、関根は埼玉、大井、駒沢、島崎の三人は長野である。新人作品は「新詩人作品」欄と「詩苑」欄に載るが、第一三集には初めて選外佳作者の氏名に地域名が付記された。これをみると投稿者のほぼ半数は地元長野からだが、ほかは全国に分布している。第一三集からは「田中は多忙、穂苅は病気、鈴木は都内に転居」ということで小出に初めて編集が任された。編集者名はこれまでどおり田中だが、第一四集（同二月号）から発行者は中村福栄に替わって小出となり（発行所は長野市岡田一五三）、以後は実質的に小出の編集発行体制に移行していく。初心者に嚙んで含めるような後年の小出の語り口がすでにみられる。

「新詩人」第 13 集、1947 年 1 月

　この号には同人たちの詩篇に加えて、正木聖夫、小田邦雄、方等みゆき、平山敏郎、木下夕爾（一九一四－六五）、坂口淳、真下五一が作品を寄せ、また新人からは西東草平、徳武清助、浜泰雄、矢野雅雄、小山英一が同人欄に推薦され、盛況である。「新詩人」の存在が知られるようになるこの時期から、外部の詩人たちとの交流がしだいに活発になってくる。それゆえ、以後の記述は人名、誌名、表題などがどうしても多くなり読みにくくなってしまうが、できるだけこれらは各章の末尾に一括記載して簡潔化を図ることにする。

　第一三集の編集後記には「新しいカナ使ひが採用されて、新聞紙上にはすでに用ひられてゐるが、本誌では作者の意を重んじて、すべて原稿通りに発表する」とわざわざ断っている。「敗戦により活字が制限され、ローマ字法さへも採用、使用されんとしてゐる現実」という言い様は当時の人々の心情をよく表している。「当用漢字表一八五〇字」は「現代かなづかい」とともに前年十一月に内閣告示されたが、これに続き翌一九四八年には「当用漢字音訓表」、翌々年には「当用漢字字体表五二一字」が公布されて一応の形が整った。「現代かなづかい」の告示前書きには「科学、技術、芸術その他の各種専門分野や個人の表記にまで及ぼそうとするものではない」とあり、編集後記はこれを受けたものだろう。

　永瀬清子は初期の「新詩人」に最もよく寄稿した詩人の一人である。次に第一三集から短い一篇を転載しよう。

翅　永瀬清子

朝毎にふかい苔の中の水を汲み
藍ふかまる四囲の山々にかこまれて
小さい一つの生活をもつ私。

戦争と云ふふかい霧がはれて
視野はふたゝびあこがれにみち
地上は未知の世界に富んで
なつかしい隈にみちてゐる所となつた。

かよわい蝶の翅をもつて
再び私の想ひは
あちこちの美しい国を求めて遍歴する。
尽きざる自然の奥へ
悲しみとよろこびの綾なす心の境へ。

夕ぐれは月の光に鎌をあらひ
静かに稲の穂の鳴りみちる音

第一三集の杉浦伊作の時評「昭和二十一年の明暮」は「昭和二十一年と云ふ年は、日本詩壇には、確に画期的な年であつた。昭和詩壇の新しい出発地点ともなつた。ここ十年間くらひの日本詩壇に於ては、詩の成長といふ過程になくて、実の処、混迷時代であつた」という文ではじまる。伊作は、現在出ている詩誌は全国各地を総計すれば百余に及ぶだろうと推定し、これらの詩誌からみる一九四六年の詩壇の流れは二筋に分かれて展開したと捉える。一つは各地ではじまった新人の新詩運動だが、その八割は手習草紙的であり、もう一つの流れは良心的な先行詩人が詩の故郷に戻り、各自の拠りどころを得て再開した詩運動であるという。人名が続き読みにくくなるが、伊作の記述をもとに要約してみよう。

詩の故郷つまり本来の詩作の場に戻り活躍をはじめた既成詩人には、アバンギャルド詩人群の集まった「現代詩」の北川冬彦、安西冬衛、近藤東、笹沢美明、安藤一郎、浅井十三郎、阪本越郎、杉浦伊作、杉山平一、田木繁、岡崎清一郎、大島博光、小林善雄、大江満雄、アナキストの拠る「コスモス」の岡本潤、小野十三郎、植村諦、金子光晴、秋山清、また長田恒雄の「ルネサンス」に集まった都会的な人々がいる。一九四七年正月に復刊される予定の「歴程」には大陸帰りの草野心平のもとに土方定一、逸見猶吉、金子光晴、山之口貘、伊藤信吉など。中野重治は壺井繁治と「新日本文学」で活躍し、北園克衛は「ＶＯＵ」を復活させ、岩佐東一郎は「近代詩苑」をいち早く発刊したが、いまは休刊。城左門の「ゆうとぴあ」には菱山修三、竹中郁、それに若い木原孝一、秋谷豊、岩谷健司らが参画。「四季」は堀辰雄の編集で復活し、三好達治、丸山薫、神保光太郎らが、「詩と詩人」では浅井が中堅詩人を集め、田村昌由、関谷忠雄、大滝清雄、河邨文一郎、兼松信夫、亀井義男、正木聖夫、梶沢正己、真壁新之助など。ほかに西条八十の「臘人形」の復刊があった。

　これに対して注目される新人の雑誌とそれに拠る詩人には、「純粋詩」の福田律郎、村松武司、小野連司、尾崎徳ら、「新詩派」の平林敏彦、柴田元男、鮎川信夫、田村隆一、高田新、信州では「新詩人」に田中聖二、村上成実、穂苅栄一、吉田暁一郎、小出ふみ子、それに往年の「ごろつちよ」組の鈴木初江、岡村須磨子、壺田花子、山本藤枝が加わった。九州では劉寒吉、原田種夫らが火野葦平と「九州文学」に拠り、小田雅彦、八束龍平ら新人群は「鵬」に集まる。北日本では小笠原啓介の「日本海」、北海道では更科源蔵が「野性」を出す。四国では正木聖夫が「南海詩人」でがんばる。浦和では北川、安西、大島、近藤らの賛助で「気球」が創刊され、河合俊郎、山崎馨、安彦敦雄、麻川文雄、鳥丸邦彦、岩上聡、町田志津子、田村晃らが拠る。そのほか、寺田弘の「虎座」に祝算之介、「花」では上海帰りの池田克己のもとに佐川英三、上林猷夫、黒木清次らが加わり、神戸の「火の鳥」には亜騎保、小林武雄、中野繁雄、井上靖、能登秀夫らが集まる。そのほか、注目を引く詩誌に「建設詩人」「樹氷」「爐」「竜舌蘭」がある。伊作はこの時評を「真に、新しい詩の展けるのは、昭和二十二年であらう、昭和二十二年の年末に至り、かかる時評を試みる時の壮や如何に」と締める。

「新詩人」第一四集は新人特集である。創刊一年の成果をみる意味から、この詩誌で育った新人たちの作品で埋められた。「あらためて、このようにして集めてみると、未だ稚く小さい気がする」と田中聖二は思ったままを「後記」に書く。のちに「新詩人」終刊後に創刊した「回游」（二〇〇一年一月－）に最晩年まで詩篇を発表し続けた臼田登尾留（一九二四－二〇〇九）が、この集に短い詩「雨の夕」で顔をみせている。

第一五、一六集（同二、四月号）は朗読詩特集で、第一五集に近藤東「詩朗読について」、大島博光「詩に音楽性を」、稲津静雄「声にすることの美しさ」の三つの詩論を載せている。近藤は、詩の朗読が紙不足への対応策の一つだとか映画演劇が制限された時期の一代用物だといわれるが、としながらもそれを否定せず、詩朗読でのラジオや拡声器の役割に注目している。時代の反映だろう。大島の主張は表題のとおり。稲津は、耳で聴く詩と目で読む詩は別物であり、前者ではさまざまな場での朗読技術の習得が必要という。第一六集では六人の詩人が朗読に適した詩を推薦して載せている。これは具体的で分かり易い。千家元麿（一八八八－四八）「蜜柑と子供と余」、前田鉄之助「水の歌」、村野四郎（一九〇一‐七五）「蕁麻の都」、小野十三郎（一九〇三‐九六）「タスマニヤ人参」、長田恒雄「新雪」、岡本潤「黎明」の六篇である。「蕁麻の都」は「文華」三号、「タスマニヤ人参」は「文学祭」一九四七年三月号掲載の戦後の作品だが、読む詩としても感銘深い。

他方、山田岩三郎は第一五集の時評「批評以前の空白」で、今日の詩壇はどうみても文学の世界の最低線を往く最後列のお供に過ぎず、文明国家では御主人を乗せたお供の自動車運転手でさえ前列に坐ってハンドルを握っているではないか、とはなはだ悲観している。詩界を展望して悲観楽観の二極に分かれるのも、定まらぬその日暮らしの時代の反映といえなくはない。

第一七集は「女流詩人集」で、同人欄に加えて次の十一作品が並ぶ。深尾須磨子「蔭」、永瀬清子「年月をすごしても」、水芦《みずあし》光子（一九一四‐二〇〇三）「うみやまの歌」、壺田花子「子供と五月の花」高橋たか子「木瓜の花が咲き」、町田志津子（一九一一‐九〇）「柩にしたがひて」、武内利栄子（利栄）（一九〇一‐五八）「父を憶ふ」、江間章子（一九一三‐二〇〇五）「愛の庭に」、岡村須磨子「風」、田中敏子「街」、鈴木初江「心深めた真実を」。これらのうちでも「私をいとほしんで下さる方よ／昔を知つて／今の私をあはれとかなしみますな／こんなに苦しい年月をすごしても」ではじまる永瀬の詩は一段と味わいに富み、独自の詩語を交えた語り口で読み手を深い懐のなかに誘い込む。

「女流詩人集」の編集を任された鈴木初江が病床についた。「信州から東京へ行かれた詩人は次々と病んでゐる」「ほんとうは精神が病むのである」と小出は独り決めする（余計なことながら、これまでの「女詩人」がここで「女流詩人」に改まった。次には「女性詩人」となる。戦後の国語表現の推移という面で興味深い。世間ではつい先頃まで女教師、女刑事もふつうの言い方だった）。

第一七集の「消息」記事によると、女流詩人クラブが誕生した。事務所は発起人の一人内山登美子方で、機関誌「女神《にょしん》」を発行する予定。同集「後記」で小出は「全国で発行されてゐる詩誌をみてゐると、中堅の女の方の作品は失礼な言ひ方だがさしみのつまのやうに男の人々の間にはさまつて窮屈さうである。女であるからと甘やかされることはいけないがもつと堂々としてゐてほしい」といっている。男女同権の時代になったとはいえ、風習は急に改良できず女性は後塵を拝することが多かったのだろう。第一七集「女流詩人集」はそれに向き合う姿勢の表れでもあった。

「女流詩人集」から一篇をあげておこう。

蔭　深尾須磨子

風が綴る
魚のことば
すこしばかり
蒼い雪がのこり
プロメテの火も燃えている
おお　羽のように揺れる
菩提樹の蔭よ

わたしのいやはての
隠れがよ

歴史の淵に沈んだ名が
美しい名の中の美しい名が
いま　蔭といつしよに揺れる
おお　アテネよ　ロオマよ
バビロンよ
滅び去つたものみなよ

わたしはもはや嘆くまい
たとえ地球が
一握の砂にすぎなくても
そして機械が　科学が
芸術が　恋が　いのちが
この世のものみなが
いま眼の前で
砂になつてしまつても

おお　蔭が揺れる
いやはての
わたしの隠れがが
羽のように揺れる

ついでながら「新詩人」は第一七集から従来のＡ５版が大判のＢ５版二十六ページだてになった。配給の用紙がＢ版で、従来の型では裁ち屑が出るので、無駄を避けるためにそうしたのである。この型は第五二集まで続き、その後もとのＡ５版に戻る。ここで用いているＢ版用紙は茶色味がかり、すべすべの表とざらざらの裏が際立ち、薄いので裏面の活字が透けてみえる。私は小学生の頃これと同じ紙質の帳面を使った記憶があり、鉛筆の乗りがわるかった。なお、Ｂ５版に改まったのを契機に表紙の「新詩人」などの横書き文字が、第一七集から従来の右横書き（右から左へ書く方式）から現行の左横書きになった。本文のほうもおおむね左横書きに変わったが、直しもれも見当たる。国語表記の変遷の実際例になるだろう。

　第一八集（同七月号）「後記」には、「新詩人」は同人誌として発足したが、その内容がしだいに同人誌の性格を脱して公共性を帯びてきたので、編集陣容を改新して、今後はより厳選した作品、企画性のある編集を行いたいとある。誌面の構成・内容がこれによって急変したとはみえないが、この編集方針は第五三集（一九五〇年六月号）まで続き、その後もとの同人（会員）制に戻る。後述のように、出版事情つまり用紙申請上そうせざるを得なかったようである。

この集の詩論「シユール・リアリズムの再認識」で竹中久七はシュルレアリスムもまた社会的衝突の芸術的反映であると主張している。これはとくに竹中の新見解ではないものの、戦後のシユルレアリスム受容史の面から参考になりそうだ。第一九集（一九四七年八月号）ではこれに岡本潤が反論している。なお、「リアン」の中核であった竹中は高橋玄一郎（藤田三郎とともに第九集より参加）ともつながりが深く、「新詩人」への執筆の機縁も推察される。第一九集は鈴木初江編集の「銷夏詩集特集」で、次の十作からなる。田中冬二「北陸にて」、武田武彦「水鏡の少女」、祝算之介「曇天」、笹山寿「弓削島」、能仁つた子「最初のほゝえみ」、高田新（一九一一―八三）「壁」、玉置瑩子「愛の政治」、藤田三郎「渇いた土」、山崎馨「悲しみのある手」、壺田花子「薄明」。

第二〇集（同九月号）には笹沢美明（一八九八―一九八四）「敗北」、小野十三郎「本棚の裏にいる鼠」、永瀬清子「村にて」などの作品が並ぶ。この集では秋山清が「詩雑誌雑感㈠」で「詩精神」「日本未来派」「新詩人」「建設詩人」を俎上に載せている。このうち「新詩人」についての記述は、この新詩誌が外部の詩人からどのようにみられていたかを知るうえで興味深い。一部を引いてみよう。「詩の雑誌で、おそらく唯一の毎月定期的に二十号近く続刊されているところに、この雑誌の強さがある。そしてはじめ頃の、作品の低俗さ、同人組織から来る羅列の止むを得なさは一寸悲しかつたが、近頃新鮮な息吹が漂よい始めている。若しこの新鮮な息吹が今後この雑誌を育てたならば、吾々はその進歩的な発展性に希望をかける。（中略）鈴木初江が独りよがりの恋愛小唄をやめ、少くとも七月号の作品をも一つ乗越えてゆき、穂苅栄一が低徊的浪マン的な甘えた態度を捨て、現実を掴む目を持つた近代人の詩を書くことである。素人だと自称する小出ふみ子、何年書いてもまだ素朴な岡村民、上手な壺田花子、その他新旧とりぐ〵の女の詩人も多い「新詩人」が今月から同人制を止めて、健やかに続刊出来るなら楽しい未来があるだろう」。

第二一集（同十月号）から高橋玄一郎「新しい詩論」の連載がはじまった。この集の「詩雑誌雑感（二）」で秋山清は「詩風土」「ルネサンス」「北の人」の三誌をとり上げている。「現実を見つめることの苦しさから回避して芸術々々一点張りに逃げていつた多くの日本の詩人たちの轍をふむ勿れ。そういう詩人たちが、今日もつとも詩人らしい詩人、芸術家らしい詩人として評価されていると思うのはヒガ目であろうか」と秋山はいう。

第二二集（同十一月号）に近藤東が朗読詩「みすぼらしい風景」を寄せている。これは第一五、一六集の「詩朗読について」を受けた実作例でもある。ここでの引用には長すぎるが、読む詩としても十分に肉厚であり、そのうえ快い律動感がある。

第二三集には「社告」として、総理庁新聞出版用紙割当事務局からの用紙割り当てを受けて、新詩人社ではB5版二十八頁だてをこれまでどおりとし、割り当て用紙に該当する三千部を印刷する、としている。当時の詩誌の発行部数としてはおどろくべき数といえる。別項に、第二三集の投稿数は六七二篇に達し、これから編集者田中聖二が一週間かけて選び、同人を含めて五十五篇を掲載したとあるので、これはある面で総発行数三千部の裏付けとなっているだろう。小出のいうとおり、これでは同人誌の域をかなり越えている。しかし、これには裏事情もあったようで、当該年の第二・四半期分としてB5版三十二頁、二千部の用紙割り当てを受けたが、増頁では誌代値上がりにつながるので、現行の二十八頁を据え置きとし、代わりに三千部発行として、当局向けに社告を出したとみられる。

小出宅での勉強会が発展して、この年二月から長野と東京で詩話会が発足した。長野は小出の住所、東京は岡村の経営する中野区の幼稚園が当面の場所を提供する。さらに松本や上田にも詩話会ができた。七月の第三回東京詩話会には「女神」の内山登美子、古原政子、高木文枝、「人民新聞」の武内辰郎、「新詩派」の平林敏彦、高田新、佐々木陽一郎ら多彩な出席者があり盛会だったとの報告がある（第二二集）。

この年の最後を締めくくる第二三集（十二月号）には同人のほかに北川冬彦「千曲川の詩」、藤田三郎「歌えないセレナーデ」、村野四郎「展開」、平林敏彦「河」の各詩篇が載っている。昨年十一月の「現代かなづかい」告示に応えたとみられるが、平林の詩は、歴史的かなづかいを対極にみて「表音」をあくまでも押し通した数少ない実作品ではなかろうか。「人わどおかすると／このんでそこお歩きたがり、／そつとかがんで／河床おのぞきこまずにわいられぬような／いらだたしさお」のように。

創刊から一年を経て、この詩誌の活動がしだいに知られるようになった。とくに戦中から戦後にかけての長野在住者をはじめとする実績のある詩人たちが、編集者の要望に応じるなどのきっかけで「新詩人」に詩や詩論、エッセイを寄稿する機会が多くなってきた。同人制の解消に関連して、第二三集の「後記」で小出はこう抱負を述べている。「多くの人々から新詩人誌の性格を疑問視されてゐるやうだが、新詩人誌発刊の趣意の第一は「新人育成」にあつた。私は今後もこの「新人育成」をモツトーとして行きたい。そして（中略）詩を作り、読むことによつて私自身の心を益々きれいな、澄んだ美しいものにしてゆきたい。詩人にならなくともよい。何時も暖さを湛へた人間になりたい」。

　第二三集の表紙には「読書週間十一月十七日より二十三日まで」と印刷文字がある。さらに本文中にも「読書週間のお知らせ」として「今秋、アメリカの各地で盛大に行はれるチルドレン・ブツク・ウヰークに呼応して日本出版協会では（中略）一週間を読書週間として、種々な行事を行ふが、これは文化国家建設途上にある日本が出版文化の面において受持つ使命」とあり、読書週間がじつは占領軍司令部によって指導されて発足したことをうかがわせる。各定期出版物は読書週間を周知させる義務があったのだろう。

　戦後のインフレを反映して印刷費と用紙代が大幅に値上がり、「新詩人」の定価は創刊後一年で一円十銭から五円になった。さらに一年後（一九四八年一月号）には十五円、二年後には三十円となる。月極購読者など前納者が多ければ、経理面での損失は大きなものとなる。

　一九四七年六月には「日本未来派」が発刊され、現在も続いている。はじめは月刊で、池田克己（一九一二－五三）が鎌倉で編集し、八森虎太郎が経費を負担して札幌で印刷発行されたが、一九五二年に経済義務を伴う同人制となった。当初の編集同人は池田、菊岡久利、緒方昇、高見順らで、ほかに宮崎譲、小野十三郎、八森、植村諦、佐川英三らが創刊に参加した。池田の病没後、上林猷夫、土橋治重、佐川、田村昌由らが編集責任を担った。欧州の未来派詩運動とはとくにかかわりなく、戦争で奪われた個の尊厳と自由を取り戻すことを目指し、特定の主義を主張しなかったことが、むしろ発展につながったといわれる。

　敗戦三年目の一九四七年、国内ではこんな出来事があった。新憲法が施行され、これに伴うさまざまな新法、改正法が制定された。第一特別国会召集、最高裁発足、警察法公布、公安委員会設置。改正刑法公布で不敬罪・姦通罪廃止、改正民法公布により「家」制度も廃止。独占禁止法公布。年頭の辞での吉田首相の「不逞の輩」発言が問題になる。六三制教育はじまる。日教組結成される。帝国図書館は国会図書館、帝国学士院・芸術院は日本学士院・芸術院と改称。四月新学年より当用漢字、現代かなづかいの国定教科書を使用しはじめる。小学校のローマ字教育、小中学での社会科授業も開始。ララ物資での学校給食（副食のみ）はじまる。用紙事情悪化のため「文藝春秋」など雑誌休刊が続出。八高線高麗川駅近くで買出し人満載の列車が転覆し、死者一七四人、重軽傷者八百人の空前の列車事故となる。山口良忠判事、配給食糧による生活を守り栄養失調で死亡。電球を一世帯に一個配給。ベビーブームで出生率三四・三（人口千人当たり）。ルイセンコ学説論争盛んとなる。ＮＨＫラジオで「鐘の鳴る丘」「二十の扉」の放送開始。古橋廣之進四百米自由形競泳で世界新。笠置シヅ子の「東京ブギウギ」大ヒット。この年、日本人の平均寿命は男五〇・〇六、女五三・九六。織田作之助没（三十五歳）、幸田露伴没（八十一歳）、横光利一没（五十歳）。

追加資料（第一三－二三集）

詩作品（同人・会員外）

【第13集、以下数字のみ記す】 永瀬清子「翅」吉田暁一郎「昔の鶯」坂口淳「青春を脱ぐ女」小田邦雄「平原薄暮」真下五一「告知板」正木聖夫「凩」平山敏郎「桜」方等みゆき「波のまそらに」木下夕爾「あけくれ」**【14】** 安西冬衛「小春」佐伯郁郎「冬夜」**【15】** 江口隼人「こま」渡辺渡「年頭の詩」**【16】** 吉田暁一郎「寒月」永瀬清子「降りつむ」岡より子「雪原の夜」河西新太郎「幼年」大滝清雄「清らかな朝」**【17】** 木下夕爾「笛」永瀬清子「年月をすごしても」江間章子「愛の庭に」高橋たか子「木瓜の花が咲き」小松千代「暖き冬の日に」小林英俊「馬齢」深尾須磨子「蔭」水芦光子「うみやまの歌」町田志津子「柩にしたがひて」武内利栄子（利栄）「父を憶ふ」**【18】** 武内利栄子「雁」吉田暁一郎「終の栖」加藤俊夫「陽子抄より」吉沢祐直「あなたのために」武内辰郎「街」**【19】** 吉田暁一郎「訣別」塩野筍三「ある日」玉置瑩子「愛の政治」高田新「壁」笹山寿「弓削島」山崎馨「悲しみのある手」志摩一平「ふるさと送還」祝算之介「曇天」堤津也子「白い蝶よ」田中冬二「北陸にて」藤田三郎「渇いた土」能仁つた子「最初のほゝえみ」武田武彦「水鏡の少女」**【20】** 笹山寿「雲のアルバム」永瀬清子「村にて」夏目さか江「美しい友へ」笹沢美明「敗北」小野十三郎「本棚の裏にいる鼠」正木聖夫「中筋川沿岸」帆田春樹「駅の仔熊のうた」**【21】** 笹山寿「一個の人格」秋谷豊「故園の詩」長谷川吉雄「屋根」殿内芳樹「めいめいの劇場が聳えるまで」龍野咲人「生命の夜の時」**【22】** 吉田暁一郎「古人」岡田宗叡「棕櫚」近藤東「みすぼらしい風景」清水房之亟「晩春」西内幽子「霧の深い朝」**【23】** 藤田三郎「歌えないセレナーデ」村野四郎「展開」平林敏彦「河」北川冬彦「千曲川の詩」

主な詩論・評論・エッセイ

【第13集】竹中久七「詩の民主化について」杉浦伊作「時評・昭和二十一年の明暮」三木露風「英国詩壇」（13-14）【15】近藤東「詩朗読について」大島博光「詩に音楽性を」稲津静雄「声にすることの美しさ」山田岩三郎「時評・批評以前の空白」岡本潤「宛名のない手紙――抒情の変革他㈠-㈢」（15-16、20）【16】山田岩三郎「時評・歴史の時を忘却した詩壇」【17】山田岩三郎「時評・マンネリズム追放」杉浦伊作「どん慾摂取詩論」【18】竹中久七「シュール・リアリズムの再認識」【19】岡本潤「詩の民主化の戯画――竹中久七氏へ」【20】岡本潤「宛名のない手紙 Ⅲ」秋山清「詩雑誌雑感㈠-㈡」（20-21）【21】高橋玄一郎「新しい詩論㈠-㈢」（21-23）安藤一郎「海外詩壇紹介――アメリカ近代詩」【22】大島博光「海外詩壇紹介――フランス詩壇」阪本越郎「詩と童話」小林善雄「流派と党派」島崎弦「詩と生活」【23】黒田辰男「海外詩壇紹介――ソヴエート詩の秀れた作品」竹中久七「再び岡本潤へ」

「書評」の詩集・詩書

【第18集】岡本潤『襤褸の旗』（真善美社、都港区、一九四七・一）村上成実『山川秘唱』（私家版、東京、四四）祝算之介『島』（虎座社、文京区）【19】永瀬清子『大いなる樹木』（桜井書店、文京区、四七）【20】壺井繁治『神のしもべいとなみたもうマリア病院』（九州評論社、佐世保市、四七）矢野克子『いしずゑ』（光明社、都港区、四七）武田武彦『信濃の花嫁』（岩谷書店、四七）

受贈詩誌（最新号のみ）

「虎座」1「鱒」1「律呂」1「北越詩人」1「現象」1「もくせい」1「麗花」1「原始林」1「霧笛」11「裸木」4「詩人圏列」3「自由詩」3「団結」12「横浜詩人」1「桜草」1「すゞらん」7「風」2「谺」2「杉鉾」11「群青パンフレット」13「明日香」1「詩稿」4「詩文学」12「蠟人形」8「柵」9「建設詩人」4「詩と詩人」6「植物派」8「旧式機関車」5「若い人」7「棕梠」4「詩潮」3「日本海詩人」5「地球船」1「北の人」5「ダダ」9「逍遙」2「雑草」2「濤」5「日本詩人」5「芽生」9「東北詩人」7「山路」3「東北詩壇」12「朱欒」8「南方浪漫派」4「浮標」5「抒情詩」10「鴉群」4「幌馬車」41「新詩友」4「新詩苑」5「ボオ」1「南海詩人」1「あけぼの詩人」3「国鉄詩人」6「新鉄詩人」5「二行詩」3「現代詩」5「底流」2「詩祭」5「FOU」13「詩火」4「クラルテ」1「若い窓」5「山峡詩人」2「オリオン」7「地球」1「火の鳥」3「詩風」8「働く人の詩」1「北関東」2「吾木香」6「自由詩人」10「覇瑠」56「らんぷ」1「高原詩人」8「裸像」3「蘇鉄」2「四国詩人」1「女神」5「コスモス」6「野性」6「ルネサンス」9「詩郷」10「詩精神」4「詩」8「詩文化」2「BUOY」8「新詩派」7「滝」1「園庭」1「海郷」2「銀河」10「狼火」8「美しき人々」1（第一三－一五集掲載分、号無記入、前掲を除く）「ゆうとぴあ」「スバル」「湖畔詩人」「炉火」「草の葉」「詩火」「竜舌蘭」「えご」「比牟呂」「紫苑」「詩帖」「星座」「せゝらぎ」「烈風」「詩文化」「風土」「コツトン」「秋の詩帖」「草上教室」「感情」「オーロラ」「希望の窓」「乙女の港」「遍歴者」「プロレタリア」「日本浪漫派」「彩雲」「山と川」「かぜ」「新生詩人」

第五章　創刊三、四年目　1948.1－49.12

この章では「新詩人」第二四集（一九四八年一月号）から第四七集（一九四九年十二月号）までの二年間をまとめる。このあたりから創刊の十年目（一九五五年）までが、外部の詩人や文学者の作品を最も盛んに誌上に掲載した時期に相当する。

第二四集では「作品」欄に同人と寄稿者が十五名、「新詩人作品」欄には二十三名が詩作品を連ねる。加えて冒頭の永瀬清子の「アフオリズム・午前二時の手帖より」、高橋玄一郎の連載「新しい詩論」、山崎馨（一九一九－二〇〇八）「北川冬彦ノオト㈠」、秋山清「詩雑誌雑感㈢」が掲載され、充実した内容である。しかし見かけは、粗悪なざら紙に各ページが小さな活字で組まれ、しかも行間をぎりぎりまで詰めている。当時の深刻な用紙事情がここでもうかがえる。永瀬清子のアフォリズムはこのあと第二八集（一九四八年五月号）と第三〇集（同七月号）にも掲載されるが、この詩人の詩法・用語法がじかにうかがえて読み応えがある。「詩雑誌雑感」で秋山清は「詩と詩人」「新詩派」「至上律」をとり上げ、「私が言わんとするのは書いた物だけによつて他を批判することよりも現実を批判することがむづかしいとゆうことなんだ。だがトウシヤ刷の小刷子新詩派が新しい息吹を吾々にまで与えつゝあることはたしか」と厳しくも温かな言葉を投げかける。

第二五集（同二月号）の「後記」で小出ふみ子は「戦争の空白は、そのまゝ若き詩人の持つ空白となつてゐるといふ。この事実は私も認める。しかしこれは戦争前と戦争後を一つの連続したものとして結ばうとするから空白が目立つのであつて、私は戦争を一つの終止符として、戦後は新しく生れたものとして新しく勉強してゆきたいと思つてゐる」と記す。なるほど、戦争を空白とみる人と、そうではなく新生への区切りと捉える人とがあるわけだ。もちろん自身のなかで両者を明快に分けられない人も多いだろう。一口に戦後詩の担い手といっても、詩人たちの背景は単純ではない。

これまでの「新詩人作品」（準同人作品）欄と「新苑」（新人作品）欄は、この集からそれぞれ「新詩人作品1」欄、「同作品2」欄と名称がかわった。

山崎馨の「北川冬彦ノオト㈠－㈢」（第二四－二六集）ではそれぞれ「新散文詩運動」「詩と詩論」「戦争」を鍵語に冬彦の詩活動を要約している。ここに記された活動はいずれも昭和初期のものだが、戦中の空白期を経ていまようやく腰を据えてそれらを観望できる時代に入ったということか。「冬彦のおちいつた困苦の途の深さから、戦後彼は立直つて、自己の胸に湧く情感を拠り所とし、全人間と同化させる域までに、これを高めることが、自己を救ふひとつの途であることをさとつた」と記す。山崎馨は大戦の少し前から詩を発表しはじめ、戦後は「気球」を経て「時間」（第二次）の創刊に加わった。

第二六集（同三月号）から二八集には平林敏彦が「詩壇時評」を連載している。第二六集では副題「現代詩の主流」のもとに「詩は嘗て「戦意昂揚」のために煽動の具となり、また敗戦に及んでは「戦争忘れの手段」として利用された。それがいわゆる「詩壇」でもあつた。その谷間を越えて、金子や小野が何をして来たか、北園や彼等の一派が何をして来たかを根本的に剔抉しつつ、現代詩の主流は適確に把握されなければならぬ」と述べる。現在の平林敏彦は稀にみる端正かつ洒脱な文章家だが、はやこの時期に読者を惹きつける文体を確立していたかにみえる。このとき平林は二十三歳、適切な資料選択と視野の広さも尋常ではなかった。

第二四集、二八集、三〇集に掲載の永瀬清子「アフオリズム・午前二時の手帖より」から抜き出してみよう。

私の詩 ㈢

詩よ、お前はつるべの綱のように私を引あげ引おろす。
お前がなくては新らしい水が飲めない。

私の詩 ㈣

蠟にさゝえられる蠟燭の芯。
悲哀に支えられる私の詩。
一緒に燃えろ。

詩碑の詩

萩原朔太郎の詩碑が建つことをよろこんだがその選詩をみて殆ど憤懣を感じた。

あれ位身をもつて戦つた彼に　最も彼らしからぬ詩の一つを刻んで残こすとは！

なぜ七五調でなければならない？　内在律を主張した彼のために。

なぜ孤独の精神を象徴した詩をとらずに弁解じみた詩をとる？　もう刻みかけてあつたとしても詩人の一人として私は他の彼らしい詩を選びなほすことを主張する。

それが彼の「故郷」の人の希望だとしても。

或は彼自身の遺言であつたとしても。

歌人の病ひ（抜粋）

尊敬する唯一人の女流歌人Ｓ氏から新刊の歌集をもらつてよむと、一目でわかる私の詩集（いつか贈つた）からとつた言葉が全体に何個所もばらまかれてある。しかも何故に彼女は私にその歌集を呉れたのだろう。

（中略）

私はそれをとがめようとは思はない。（中略）

かつての尊敬すべき歌人が、実生活そのものからでなく、たゞ読書によってのみ言葉のあやによつてのみ自己の歌を育ててゐることを知つて反省とさびしさを感ずるから。

真実の人生に

それでは教へてあげやう。何故に詩が世間の人の興味を惹かないかを。
詩人が本当に自然に驚きもせず、本当に愛に悩みもせず、詩を書くから。つまり真実の人生に参与してゐないことを読者がちやんとみわけるから。

翻訳

すぐれた翻訳をよめば、それは単に外国語がうまいのではなくて日本語にすぐれてゐるのだと云ふことがわかる。日本語がすぐれてゐると云ふことはその作品への解釈のふかさを意味してゐる。詩がうまいと云ふことも結局日本語がうまいことなのだ。それが心の深さと同意語になつてゐるのだ。何よりもこの日本語は下手だ。と云へば一番当つてゐるような詩が多すぎる。

寺田弘（一九一四－）の「詩人の自作詩朗読」（第二七集、同四月号）は「詩人の自作詩朗読は、度々聞くがあまり成功した例を見ない。その多くは、只読んでいると云うだけで、文字を通さず聴衆の耳に訴える技術の訓練に欠けている場合が多いからだ。詩人は他の演技者が自分の作品を朗読する場合、それの解釈についての意見は述べるが、自分が朗読したらその解釈さえ、明確に聴衆に対し表示することが出来ない人が多い」との文ではじまる。六十年を経て読んでも身につまされる指摘である。私事を差し挟むが、合評会などで相互批評に先立ちまず作者の自作詩朗読に接すると、これは活字ではなく作者がじかに語りかけてくれているのだと感じてたいへん仕合わせな気分になる。朗読の上手下手以前の効用である。

「詩人の自作詩朗読」ではこんな挿話も紹介している。詩の朗読会の例会で壺田花子の「水車の歌」を数人が各自の解釈のもとに朗読することを試みたが、それぞれ流石にうまいものだと敬服した。最後に壺田自身が作者としての解釈で朗読したところ、細々とした早口ながらほかを凌駕する素晴らしさで、一同感激したという。ところが壺田が同じ詩を「秋の詩祭」で朗読した折には、まったくの失敗に終わったそうだ。寺田弘は戦前から、そして戦後もいち早く詩朗読運動に取り組み、『詩に翼を――詩の朗読運動史』（詩画工房、一九九二年）などの著作をもつ。この時代つまり戦後数年の間はとくに詩の朗読が注目されていた時期なのだろう。この連載でも「新詩人」が第一五、一六集（一九四七年三、四月号）を朗読詩特集として実作と詩論を掲載し、また第二二集（同十一月号）に近藤東が朗読詩実作例を発表したことをすでに紹介した。さらに付記すると、第二五集（一九四八年二月号）の裏表紙には詩の朗読研究会編『詩の朗読講座』（草原書房、一九四七年）の広告が載っており、笹沢美明、村野四郎、近藤東、阪本越郎、寺田など十五名の錚々たる書き手が各項目を分担執筆している。

いま少しこの時期の「新詩人」裏表紙の広告に目をやると、岩佐東一郎『青年文学叢書　青年のための詩と詩論』（一聯社、一九四七年）、寺田弘編『月刊詩壇時報』（虎座社）、村上成実講述『現代詩教程』（信陽詩人倶楽部、一九四八年）などが出版され、村野、岩佐、笹沢を講師に迎えて「詩の教室」（現代詩講習会）も開かれている。「詩の教室」の講習費一期百円はけっして安くはな

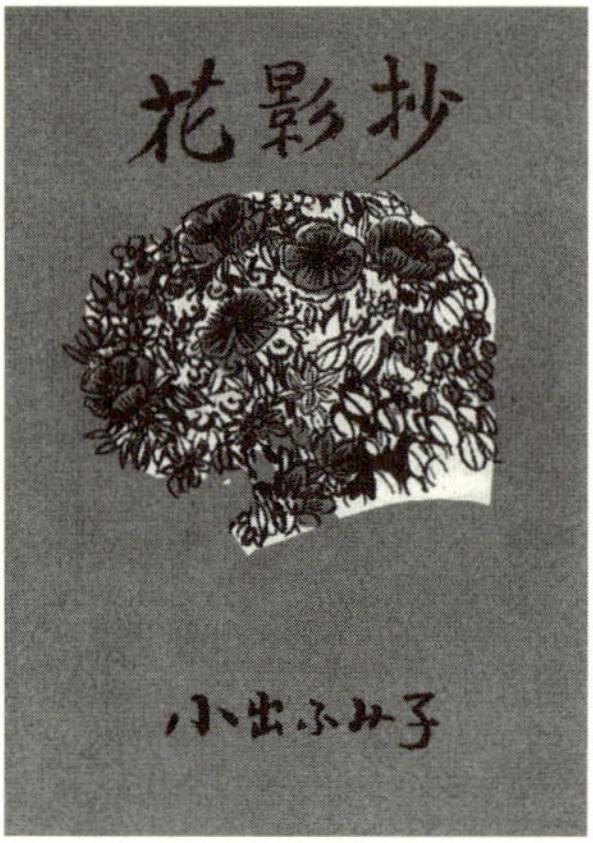

小出ふみ子『花影抄』新詩人社、1948 年

かった。同じ裏表紙で壺田花子の第三詩集『水浴する少女』（須磨書房、一九四七年）と小出ふみ子の『花影抄』の刊行を知らせている。『花影抄』には永瀬が序文を寄せた。戦後の混乱がやや収まるこの時期には現代詩の入門書や講座が少なからず企画され、朗読詩に限らず、伝統詩にない現代詩の表現力への期待が高まっていたことを思わせる。

第三〇集では山崎馨の長篇散文詩「女」、長島三芳（一九一七‐二〇一一）のいかにも若々しい詩「朝の漁夫」、それに近藤東「労働者的感覚」での「国鉄詩人」の作品紹介が印象深い。第三二集（同九月号）は「特輯・詩集評」と銘打って、北川冬彦『夜陰』（天平出版部、一九四八年）を杉浦伊作が、高橋玄一郎『思想詩鈔』を古谷津順郎が、壺田花子『水浴する少女』を藤田三郎が、そして小出ふみ子『花影抄』を平山敏郎が、それぞれ十分に紙幅を取って忌憚のない批評を展開している。第三三集（同十月号）の遠地輝武（一九〇一‐六七）「詩の横ばいについて」は表題のみでは分かりにくいが、国鉄など職場から発表される詩が共通して創作上の横ばい状態に陥っているとの指摘である。例として『国鉄詩集』（国鉄詩人連盟）中の佐々木俊「焚火」をとり上げ、この詩の熟達した技巧にもかかわらず、読み終わってひどく物足りなさを覚え、何か人情っぽいだけでにくしみに欠けるというのである。こうした状態で「詩が横へ横への題材にひろがり、少しも日本の近代詩をたてにつらぬく人間性の確保としてうたい得てない」と言葉を重ねる。時代は引き続き衣食住のどん底にあるが、戦後現代詩にはや中弛みが生じてきたのだろうか。

第三三集では岩佐東一郎の随想「詩人と俳句」がたのしい。岩佐は戦前から句作を愉しんでいたが、「敗戦後の荒廃した日々の生活に、せめて月に一回位いは、心おきなく放談歓語したい」と考え、詩人仲間に小説家を加えて「風船句会」をはじめた。季題と定型を嫌う新俳句を批判する一方で、時代に合わない季題にも一言述べている。引用句から独断で各一句を選び出せば——

小春日や柘榴は割れて石の上　　田中冬二
笛ふけどもう音しない麦の茎　　岡崎清一郎
黒南風や鳴門の渦の巻きそむる　　岩佐東一郎
なめくぢや木戸のつくろひ出来ぬ儘　　高橋邦太郎
夏めくや果舗の日除の縞が濃く　　扇谷義男
夏めくや燈台の反りあきらかに　　人見勇
青蚊帳の裾波ゆれる目覚めかな　　安藤一郎
さびさびと藪につづくや福寿草　　中村千尾
雪の降る音聞く如く膝を抱く　　城左門
虹立つやはだしであゆむ夕干潟　　乾直恵
一つ蚊を叩きあぐみて明け易き　　笹沢美明

北川冬彦「長篇叙事詩入門㈠」（第三四集、同十一月号）では戦後の「長篇叙事詩復興の胎動」の具体的な兆候として小沢由貴「カルメン」（「自由詩人」）、杉浦伊作「逃亡」「黒蛾」（「現代詩」）、祝算之介「沼」（同）、さらに自身の「月光」、「氾濫」などをあげ、「同㈡」（第三五集、同十二月号）で「長篇叙事詩の方法」としてシナリオの形式が好適であると提唱する。自身の文章を他誌から多く引用した解説であるが、「長篇叙事詩は詩の領域を拡大した、詩と小説の中間に位するもので、日本文学に新しいジヤンルを拓り開くものであることを信じる」と結んでいる。笹沢美明は「詩人の苦悩について」（第三四集）で時代に支配され、また時代にかかわり切れない詩人の苦悩を述べる。これは一九二八年作とあるが、戦後まで発表しそびれていたということか。

第三六集（一九四九年一月号）から創刊四年目に入る。毎回執筆者の交替する「やさしい詩論」の連載はこの号からはじまり第四七集（同十二月号）まで続いた（主題と執筆者は章の末尾にまとめる）。第三六集の裏表紙には雑誌「現代詩」一月号の北川冬彦編・散文詩特集の広告があり、川路柳虹、安藤一郎、村上菊一郎ら八名の執筆者が名を連ねている。

秋のうちから先だって新年号の原稿を用意したくないとのこれまでの方針に倣って、第三七集（同二月号）が実質上の新年号になった。田中聖二が「更に忍耐をもつて」の巻頭言をしたためている。この集の特集として「新詩人十二人集」のほかに、冬彦の長篇叙事詩論の影響か新人の長篇詩五篇を載せたが、田中聖二は後者を「これは正直に云つて失敗した」とにべもなく記す。

第三七集の「やさしい詩論」では野長瀬正夫が「日本詩の悲劇」と題して「一篇数行又は数十

行をついやして構成される日本の詩は、なぜこうまで面白くない文学になつて終ふのであろう。僕は十数年前から詩をもつと面白くしなければならぬと主張して、しばしば詩人諸子のひんしゅくを買つて来た」と慨嘆する。ところが（少々長いが引用すると）「僕は昨日、米を背負つて、海抜千二百米の山中を約六里てくてく一人で歩いて来た。停車場から二十里離れた辺境の地で暮すのは実に困難なわざであるが、驚いたことには紀和山脈白谷峡谷の断崖絶壁で、数十尺の松の木によじ登り、はるかに天の一角をにらんでいる男に会つた。野生の蜜蜂の巣を尋ねて三十年も深山をさまようているという此の男は、青空の彼方からかすかにはねを鳴らして飛んで来るかも知れない一匹の蜂を待つていたのである。「なあに、趣味ですよ。」と、彼はこともなげに言つた」というのである。かくして自分もまた、山中暦日なしの心境にはなお遠いが、わが「小さな畠」を性懲りもなく掘り返さなくてはならぬ、と覚る。

第三八集（同三月号）の「やさしい詩論」では福田律郎（一九二二－六五）が「純粋詩について」を解説する。福田はP・ヴァレリーから話をすすめ、「やがてあなたの衣裳をととのえて／扉にうつくしい悔恨が懸る」の二行を例に純粋詩は一つのフィクションであると解き明かし、最後にフランス純粋詩が波及した戦後ドイツ詩にまで話題が及ぶ。示唆に富んだ小論になっている。翻って同集の「後記」に目を通すと、「四月号からは増頁を用紙割当委員会へお願ひして、この分を長篇詩の研究、発表へ廻したく思つてゐる」と小出が記している。また第三九集（同四月号）の「やさしい詩論」欄の杉浦伊作「新散文詩に関する覚書」では「形式とか形態に依つて散文詩が構成されるものでなくて、それは依然として、（内在するものが）詩であるものに限り散文詩」

と定義したうえで、ボードレールなどの散文詩に話を進め、最後は新散文詩運動の意義を強調する。

第三九集から四一集（同六月号）では三回にわたり長野放送局での放送座談会「短詩文学を語る」の記録が載った。座談の出席者は小出ふみ子に加えて「短歌新潮」の丸山忠治、川柳誌「美すゞ」の深沢英俊、俳句誌「黒姫」の渡辺幻魚の四名である。投稿実作の講評をもとにした座談なので興味深いが、残念ながら紹介する余裕がない。俳句の季題についての説明を受け、小出は「全く細いですね。さうすると、そんな季感が俳句の全内容なんですか。そんなところに真実の詩があるんですかね」と歯に衣を着せない。第四〇集（同五月号）では秋谷豊の散文詩「幻燈のやうに」が長篇の力作である。第四二集（同七月号）から祝算之介（一九一五－？）のエッセイ「啞蟬の歌――詩を書きながらの感想」（四回連載）がはじまる。副題のとおり日々の心境や詩的な感慨を思うがままに述べている。「私は自分が書いているものが詩であるとは思つていなかつた。自分が書いているものが詩だつたとは、あとで知らされ、気付いたことだつた」と祝は述べる。そんなこともあるのだろうか。

第四二集から四四集（同九月号）には「感覚詩特集」として各集五、六篇の詩を載せているが、何を基準にそう称しているのか分かりにくい。俳句的感覚と詩的感覚による作品の区分に無理がありそうで、俳句への見方が多少古風でもある。誰の企画なのかは分からない。

第四三集（同八月号）に嶋岡（島岡）晨（一九三二－）が詩「音譜のはて」で初めて新詩人作品2欄に顔を見せた。第四六集（同十一月号）の同1欄にも「使徒の放蕩」が出る。第四三集裏表紙に信州夏季大学「現代詩講座」（日本出版協会信越北陸支部主催）開講の知らせが載っている。講師と演題は草野心平「詩について」、野上彰「現代詩論」、江間章子「詩と生活」、佐藤春夫「伝統からみた現代詩」、金子光晴「現代詩の行方」、深尾須磨子「詩と音楽」、会費は全五日二百円、一日五十円とある。

第四五集（同十月号）はネオ・リリシズム特集とあり小野連司（一九一八－七八）の小論「ネオ・リリシズム」と五作品が並ぶ。このうち秋谷豊の「マンゴーの雨」はやがてネオ・ロマンティシズムを標榜するこの詩人の特徴がよく表れた詩である。秋谷豊は一九四二年に日大予科を退学し海軍予備学生として応召したが、戦地に赴くことは免れている。

マンゴーの雨　秋谷豊

優しい歌も　兵士の肩にふる雨も　もはや君を慰めない。ぢつと動かない眼にうつつてゐる　赤錆びた砲車　灼けつく火焔の銃口に　重い肉体も吹き折れた。
むなしく空に枝をひろげた　マンゴーの葉のおもたい繁り　滴たり落ちる灰色の現実よ。崩れた煉瓦片の内側で　君のロマンテシズムは永遠に眠つたか。
すでに陽は傾き　空は赤い　ビルマインド国境の末日　砂塵をあげ　マンダレーへ　マンダレーへ　雪崩のごとく敗走する輜重部隊に　おびただしき蠅の群　輪を描き　戦慄する民族のさけび。
一九四五年夏　骨は傷つき　軍靴は破れ　沈黙する地平の果　惨澹たるファシズムの季節

神話の末裔　こゝに亡ぶ。
　雨たちこめる　イラワジ沼沢地帯。形骸の砲車を曳いて　泥濘に疲れ果てたる　古い戦闘帽
の兵士らよ。砲弾と恐怖にくづれた　君らの叡智はどこにあるか。今はただ　その不実なる戦
闘帽をかなぐりすて　明日の人類の平和と生存を祈れ。
　静かに息づくマンゴーの雨に。未来へひらいたカンナの花の上に。

三年間二十六回にわたって連載した高橋玄一郎の「新しい詩論」が第四七集（同十二月号）をもって終了した。「後記」で小出は「この三年間をかへりみたとき「新詩人」は出版事情の困難、変動のため幾度か瓦解に帰さうとした。そのとき、私は何時も高橋氏の原稿を手にして、この原稿だけでも活字にして発表したいと思つてかけ廻つた」と記している。この集に発表された小出ふみ子の詩「都会への絶望」はのちに第二詩集の表題にもなったが、東京での生活ないし詩壇への当時の思いが端的に表れた作品といえそうだ（第九章に引用）。

第四七集（同十二月号）から表紙絵と挿絵の一部をいわさきちひろ（一九一八－七四）が担当することになった。松本の母の実家に疎開していたいわさきちひろは無名時代から小出とは互いに知己であったと聞いている。

この時期から「新詩人」に用いられたいわさきちひろの原画二十点が二〇〇六年になって小出の自宅から見つかっている。これらは長野県松川村の安曇野ちひろ美術館に寄託され、のちに公開された。ちひろの長男で同美術館の松本猛館長によると、当時のちひろは画家としてはまだ駆

け出しで、後年の水彩絵の具をにじませる画風とは異なり、ペンと黒インクを用いたくっきりとしたタッチで女性の横顔や裸婦を描いていて、自分の画風を探っていた時代の貴重な発見であるという。同年十一月に詩誌「回游」の合評会を長野市で催した折、私を含む出席者はうまい具合に美術館に寄託される前のこれらの原画を手にとってみる機会があった。後年の可愛い子供を描いた絵画とはずいぶん異なり、上品で大人っぽい迫力に充ちていた。

一九四八、四九年には詩誌「山河」「母音」「零度」が発刊された。「山河」は一九四八年四月から六一年九月の間に通巻三十三冊を出した。八号で一時休刊し、一九五一年四月に復刊した。発行所は吹田市・山河社。前期の同人は浜田知章、長谷川龍生、牧羊子、湯口三郎、井上俊夫らのほか、小野十三郎、港野喜代子、真木いずみら、後期には富岡多恵子、松本一哉、内田朝雄らが参加した。「過去のプロレタリア詩の教条主義的・類型的な発想を否定し、前衛的手法を大胆にとりいれ、戦後詩に、硬質で冷たいリアリズムの新生面を拓いた」(杉本春生)。詩における社会主義的リアリズムを追求した詩誌として、東の「列島」と並ぶ。

「新詩人」第 51 集、1950 年 1 月、表紙＝いわさきちひろ

「母音」は一九四八年四月から五六年一月の間、四期にわたり続刊され、二十五冊を出した。戦

争末期、ビルマ戦線から奇跡的に帰還した丸山豊が「新秩序への抒情的予言」との目標を掲げ、野田宇太郎、安西均、一丸章らとともに創刊した。発行所は久留米・母音社で、戦後の九州詩界に大きな影響を与えた。一期（八冊）では岡部隆介、柿添元、佐藤隆、谷川雁、俣野衛らが同人、二期からは有村四郎、川崎洋、高木護、平田文也、松永伍一らが活躍した。主知的な抒情性が強調され「久留米抒情派」と呼ばれた。

「零度」は一九四九年六月から五三年一月の間に不定期に通算十冊を出した。「ゆうとぴあ」が「詩学」に引き継がれて一年目の一九四八年七月に詩学研究会準備会が開かれ、その機関誌として長野規と清水正吾によって創刊された。これに宮原和夫、山本太郎、金井直、那珂太郎、杉浦英一（城山三郎）らが加わった。「荒地」世代に続く若い詩人たちが参集した。

一九四八、四九年には国内でこんな出来事があった。

〔四八年〕片山、芦田両内閣を経て第二次吉田内閣へ。ＧＨＱによる新聞・通信の事前検閲ようやく廃止。国民の祝日九日を制定。新制高校が発足。帝銀事件。Ａ級戦犯七名の絞首刑執行。福井大地震で福井市ほぼ壊滅。昭電疑獄、前首相逮捕に発展。サマータイム実施（一九五二年まで）。国立国語研究所の設立。マッチ・電球・万年筆・歯磨きなど一一一品目が自由販売に。専用電話一一〇番の設置。大岡昇平『俘虜記』、尾崎一雄「虫のいろいろ」、福田恒存「道化の文学——太宰治論」。美空ひばり初登場。戦後初の仏映画「美女と野獣」上映。海外では大韓民国、朝鮮民主主義共和国の樹立。ベルリン封鎖がはじまった。真山青果没（七十一歳）。

〔四九年〕一ドル三六〇円の単一為替レート設定。マ元帥、日本は赤化東進の防壁と言明。国鉄・専売公社が発足。ソ連引揚再開第一船が舞鶴入港。下山事件。三鷹事件。松川事件。湯川秀樹ノーベル物理学賞を受賞。新聞夕刊が復活。お年玉つき年賀はがき初発売。木下順二「夕鶴」、石川達三「風にそよぐ葦」（前篇）、川端康成「千羽鶴」。ＮＨＫで堀内敬三解説「音楽の泉」の放送開始。海外ではＮＡＴＯ発効、中華人民共和国、ドイツ民主共和国（東独）成立。

追加資料（第二四－四七集）

詩作品（同人・会員外）

【第24集、以下数字のみ記す】岩佐東一郎「文字」小田邦雄「秋と万象」石垣りん「實さんの手」李庸和（奉来）「風景」大木実「雲」立沢正雄「信濃路の天皇」長井菊夫「憂愁の谷間」**【25】**武井芳夫「鳥のなきがらへの想ひ」吉沢祐直「人間」宮城時雨「胡桃」青山ゆきのり「思慕」阪本越郎「かのひと」秋谷豊「ひとり灯の下に」武内利栄子（利栄）「計算書」秋山清「峠にて」小池吉昌「孤独の歌」町田志津子「虹」**【26】**藤田三郎「救い」帆田春樹「木枯のなかでの歌」武内辰郎「海の見える草地」木口義博「ある人に」**【27】**李庸和「悲しき倫理」竹中久七「新しい風物」吉田暁一郎「春灯」野長瀬正夫「海辺にて」岡田宗叡「淵」石田良雄「農」**【28】**清水房之亟「盗人」殿内芳樹「恋」清水正吾「水車と婦人と僕」鈴木寅蔵「欅」河西新太郎「婚期」内田千歳「夕暮」日村晃「沙漠の馬」**【29】**長井菊夫「春の終りのいやな季節」志摩一平「蛍」牧原恒夫「赤山」武村志保子（志保）「風の中の道」長田恒雄「孤歌」能仁つた子「メリーゴーランド」**【30】**武村志保子「幻影」宮崎孝政「草庵夜話」扇谷義男「棺の歌」杉本駿彦「氷つた山を見る少女」板口富美子「待つ」山崎馨「女」山形三郎「坂」長島三芳「朝の漁夫」**【31】**木口義博「ぼくの世界は」内田千歳「おぼろ夜」竹内てるよ「山むらさき」真壁仁「第八天国喪失」殿岡辰雄「みちばたの歌」人見勇「襤褸聖母」武田武彦「空中旅行」沢木隆子「さざんかみなと」川村正「女章」須藤善三「花について」**【32】**武井芳夫「不眠の夜」内田千歳「蛾」日村晃「壁画の距離」尾崎喜八「或日の話」正木聖夫「一光」木下夕爾「新秋の記」水芦光子「金沢」真貝欽三「風の中の道標」山本信雄「夏木集」中川薫「嫩葉の物語り」梶山摩砂夫「五月の臭ひがするから」竹村清之介「牡丹の咲く村にて」[33] 秋谷豊「晩夏」田中冬二「微笑」大江満雄「ゆめの中で私は思つた・他一篇」冬木康「蛾の歌」山本和夫「帰省」福田律郎「昆虫と共に」高田新「富士」長谷川吉雄「対話」風間光「ブラックの静物の破綻に凝視めた」長田満智子「流れ」[34] 李庸和「峠にて」吉田暁一郎「海にて」殿内芳樹「海辺通信」杉本駿彦「菩提樹の下」川村正「都会の会話」高田新「あの鐘はいつ鳴り出すであらうか」高橋新吉「安見児」佐伯郁郎「孤独の歌」伊藤和「浪」平山敏郎「ロック・クライミング」[35] 三木露風「悲壮の境地」滝口武士「自由と平等」安西冬衛「けれどもあなたはいくたびはな花が」浅井十三郎「黄昏」龍野咲人「永遠」田中久介「おれたちの風を」清水正吾「ふたたび訪ねくる」黒沢三郎「渡り鳥と罐焚くひとと」葛原積「火酒」山口啓一「みちすがら」萩野卓司「花」[36] 李庸和「途上」岡田宗叡「枯れる季節」永瀬清子「落葉に書きたる」祝算之介「氾濫」後藤郁子「ひとり夢に」中村千尾「冬のパンセ」[37] 小熊忠二「駅の惨事について」清水正吾「煙突」高崎雅客「泪の落書」[38] 石田良雄「そのために」山形三郎「錆びた剃刀の恋について」尾崎徳「浅春詩抄」奥山潤「北の国のうた」浜田耕作「地上の汗」松島忠「運河」上田幸法「相対性原理」[39] 秋谷豊「秋の手」安藤一郎「ソネット一篇」坂本明子「口紅のあと」田村昌由「脅迫」[40] 秋谷豊「幻灯のやうに（散文詩）」武内利栄子「摩耶山麓」武田隆子「名も知らぬ花」[41] 藤田三郎「貿易博覧会」山崎馨「場面」平山敏郎「六甲の岩場にて」小野連司「扉」原田種夫「その虚しさの涯もなく」[42] 内田千歳「放心」長谷川吉雄「浮浪者」西原茂「風光る」[43] 木下夕爾「川・他一篇」竹村清之介「念仏一会」岩田潔「剣嶽・他一篇」藤木恒「流離の日に」後藤優一「悲歌」[44] 藤田三郎「新定型詩抄」小川敬士「朝鮮の四季」[45] 大木実「月夜」秋谷豊「マンゴーの雨」岡田宗叡「泥濘」平山敏郎「たとへねがひにをはるとも」小野連司「落葉（続・扉）」[46] 山形三郎「貌」野口俊夫「寒烈の咏」須藤伸一「来訪者」原田直友「晩秋」益永為美「屋根の印象」[47] 武内辰郎「火」殿内芳樹「素描」竹村清之介「手紙」武田隆子「緑の地平線・他一篇」小野連司「ボーイソプ

ラノ」石田八平「空虚な村・他一篇」

主な詩論・エッセイ

【第24集】永瀬清子「アフォリズム・午前二時の手帖より」高橋玄一郎「新しい詩論」（24－47）山崎馨「北川冬彦ノオト㈠－㈢」（24－26）秋山清「詩雑誌雑感」【25】田村昌由「今年、来年の話」【26】岡本潤「宛名のない手紙㈣、㈤」（26、29）【26】平林敏彦「詩壇時評・現代詩の主流」【27】寺田弘「詩人の自作詩朗読」平林敏彦「詩壇時評・断想風な批評」【28】永瀬清子「アフォリズム・続午前二時の手帖より」平林敏彦「詩壇時評・架橋するものは誰か」【29】間野提魯「欣求の詩人永瀬清子さんへの手紙」【30】永瀬清子「アフォリズム・続々午前二時の手帖より」近藤東「労働者的感覚」【31】間野提魯「「農婦」の詩人」【32】奥山潤「詩の科学性に就いて」【33】遠地輝武「詩の横ばいについて」岩佐東一郎「詩人と俳句」【34】笹沢美明「詩人の苦悩について」北川冬彦「長篇叙事詩入門㈠、㈡」（34－35）【36】山内義雄「翻訳途上の感想」藤田三郎「やさしい詩論㈠対立感覚」【37】吉田しげる「詩に生命を」古川三成「「人民短歌」の連作について」野長瀬正夫「やさしい詩論㈡日本詩の悲劇」【38】福田律郎「やさしい詩論㈢純粋詩について」【39】小出ふみ子他「座談会・短詩文学を語る㈠－㈢」（39－41）杉浦伊作「やさしい詩論㈣新散文詩に関する覚書」【40】高田新「やさしい詩論㈤勤労詩について」【41】山形三郎「やさしい詩論㈥シュールな感覚とは」【42】祝算之介「唖蟬の歌㈠－㈣」（42－45）上田幸法「やさしい詩論㈦主知詩について」【43】村上成実「やさしい詩論㈧形象主義要説」【44】奥山潤「やさしい詩論㈨詩作について」【45】小野連司「やさしい詩論（一〇）ネオ・リリシズム」【46】正木聖夫「やさしい詩論（一一）技術論」島崎光正「信仰の生活の中から」【47】村上成実「やさしい詩論（一二）現代詩に於ける知性の問題」

「近刊詩集抄」と「書評」の詩集・詩書

【第25集】石田良雄『子供画帖』（南北社、金沢市、一九四七）**【26】**祝算之介『風』（虎座社、文京区、四七）**【27】**井上淑子『春の園』（友文社、杉並区）北川冬彦『蛇』（炉書房、奈良県）**【28】**田村昌由『風』（詩と詩人社、新潟県）**【29】**奥山潤『石ころ道』（山脈詩派社、高山市）**【30】**高橋玄一郎『思想詩鈔』（中信詩人協会、松本市、四八）**【31】**大滝清雄『暮影抄』（虎座社）**【32】**上田幸法『鉛の鈴』（四葉書店、熊本市）北川冬彦『夜蔭』（天平出版部、奈良市）壺田花子『水浴する少女』（須磨書店、渋谷区、四七）小出ふみ子『花影抄』（新詩人社、長野市、四八）**【33】**島崎曙海『人間砂漠』（私家版）**【34】**松島忠『軌條圏』（岩瀬書店、福島市、四八）**【35】**尾崎徳『鞭のうた』（四国詩人集団、丸亀市、四八）**【37】**庭野行雄『残夢なかりせば』（竜書房、杉並区、四八）**【38】**大木実『未来』（さえら書房、目黒区、四八）**【39】**吉田嘉七『やけあと』（虎座社、四九）**【40】**菊地貞三『冬の旅』（竜詩社、福島県、四九）**【41】**岡村民『ごろすけほう』（山川書店、長野市、四九）**【42】**和田健『風媒花』（こだま詩社、山口市、四九）**【43】**殿岡辰雄『異花受胎』（詩宴社、岐阜市、四九）**【44】**島崎曙海『青鬼天に充つ』（蘇鉄詩房、高知市、四九）**【45】**泉沢浩志『線香花火』（葦の会、浦和市、四九）**【46】**北川冬彦『花電車』（宝文館、都中央区、四九）**【47】**山内義雄編『近代フランス詩集』（小山書店、千代田区、四九）

第六章　創刊五－七年目　1950.1－52.12

この章では『新詩人』第四八集（一九五〇年一月号）から第八三集（一九五二年十二月号）までの三年間をまとめる。創刊五年目に入った。第四八集の巻頭言で田中聖二は「『新詩人』が戦後の詩壇とともに出発し、そして成育して行つた過程が、その生々発展の姿を共にしているようで愉快」と記す。不安定な嬰児期をようやく脱した実感である。冒頭に高橋新吉（一九〇一－八七）「鳥達」と永瀬清子「象」の二篇の詩が四号活字一段組になっている。晴れやかな気持ちの表れだろう。藤田三郎の「近代詩人論」がはじまった。「抒情詩の家譜」として第一回の藤村にはじまり、透谷、泣菫、有明、矢田部尚今が順次とり上げられる。

同集の秋山清「大阪での印象」（『言葉の詩論（一）』）が興味深い。東京と大阪の車掌のしゃべり方の違いに事寄せて、加藤周一が「『現代詩』第二芸術論」（『文芸』一九四九年九月号）、「日本語の方徨」（『展望』同十二月号）でいう「現代に執すれば詩でなくなり、詩に執すれば現代をはなれる」との主張に立ち入る。そして、「停止信号でございます」という回りくどい丁寧さが「信号待ち！」という簡潔さに圧倒される方向は変わることなく、話し言葉、日常語だけが日本語の詩の将来性を孕んでいると結ぶ。「「現代詩」第二芸術論」について小出は「後記」で「かうした論は、詩人が自分の書いている作品をまず軽蔑したことから始まる」と強い調子で否定する。

鳥達　高橋新吉

赤い色が　目についていけないのです
私は　魚の干物の頭を抑えてゐた
地球上に　今あるものとては　老婆の　朗らかな笑ひだけで
それは生産の凡てが　停止されたことを
意味するのです
鳥達も　ストに突入しました
温度も　気流も　煉歯磨を欲してゐます
ですから
夏の山で　雲を忘れてはいけません
革命のあとから　航空糧食を拾はないこと
雨ふりに　糟味噌をいぢらないこと
炭の粉を大切にしないことです

第四九集（同二月号）は新詩人十一人集で、大石雅則、江村寅雄、臼田登尾留らの作品が並ぶ。一段組の壺田花子の「冬の絵ハガキ」は社会批判を含む心に染みる詩であり、朗読詩としても適っていそうだ。第五〇集記念号（同三月号）には特別の企画は見当たらない。第五一集（同四月号）の小川敬士「短詩と長詩とについて」と長田恒雄「詩壇時評——詩の朗読について」は現在読み通しても大いに啓発される。同集の「後記」には面白い話が載っている。長野県地方課次席主事は武井某の筆名で詩誌に作品を発表して当地で名が知られているが、この度は温泉街での不相応な芸者遊びから横領などの汚職事件を引き起こした。「さしあたり詩集を刊行してその印税二、三十万円で罪の穴埋めをしたい」と留置場で語ったと新聞が報じたそうだ。昭和二十五年の二、三十万円だから世俗離れも桁外れで、さすがの小出も開いた口が塞がらなかっただろう。

第五二集（同五月号）の「詩作と批判精神」（「若き詩人へ送る言葉（二）」）で喜志邦三（一八九八－一九八三）は、よい詩とは何かが問題だがと断ったうえで、「詩はつねに詩人自身の批評精神と、彼の実行力とのあくなき格闘の間から生み出さるべきものであり、彼の批評精神が高ければ高いほど、その実行力の高さを要求し、結果に於いて所謂好い詩に近づく」という。詩作と批判精神は別のもの、これらはともに自分の世評を広めるためにある、とうそぶく今時の詩人方には熟読してほしい、示唆に富む文章である。喜志は最後にいう、「詩作品を勘で書くな」と。

喜志邦三は記者を経て神戸女学院大で教職に就いた。「未来」（第三次）、「牧神」の同人で、「交替詩派」、「灌木」を主宰し、「春の唄」などの作詞家でもある。

割り当て印刷用紙の都合によりしばらくB5版だった誌面が第五三集（同六月号）からA5版

に戻った。新しい用紙はざら紙だが厚みがあり、裏面が透けることはなくなった。五十ページだてで定価五十円。そんなわけで、手許の第五巻は大小二分冊に分かれている。

第五五集（同八月号）の「詩人とユネスコ」のなかで大江満雄は「太平洋戦争のときには犠牲的行為を美化して考え「われらは死すとも祖国は生きよ」といった風な詩を書き、「祖国」のために死んでゆく青年のため心の中で悲しみながらある種の誘惑の中で生きていたのです。私の二十才台は表現主義の感化を受けて国家をきらい自我の拡充を叫んだのですが、しだいに環境に支配されていったのです」と正直に語る。

第五五集には「新詩人」名簿が久々に掲載された（記載順）。編集同人三名、田中聖二、岡村民、小出ふみ子。同人は米田清、金沢宏、吉田しげる、江村寅雄、久井茂、大石雅則、臼田登尾留、高崎謹平、堀井利雄、五十嵐誠一、島崎光正、前川長利、冬園節、松島忠の十四名。これに同年十二月末までに新同人として山口啓一、高橋玄一郎、山下一海、龍野咲人、狭間任、斉藤弥太郎、小柳津緑美、武村志保子（志保）が加わり、計二十二名。準同人は二十八名、会員は二〇九名（ただし八月から十二月の退会者数は不明）。新会員のなかには後年に主要同人となる多田昇三の名も見える。

「新詩人」第60集、1951年1月、扉カット＝いわさきちひろ

第五六集（同九月号）の高橋玄一郎の長篇詩「信濃路」は読み応えのある力作である。次の詩は最近

まで「回游」で活躍しながら病没した臼田登尾留の第五六集掲載作品。

秋風　臼田登尾留

灯《あかり》の下では
夜毎にたくさんの虫が死んだ
生涯の翼をこげ茶に焼いて
苦悶の面影《おもは》のいつぺんものこさないで

かつて
その深い宿命を知らないで
どこへいつても罪の深い殺生をした
ああ　そのしこりのような汚点《しみ》

突然　風は隙間を抜けて
虫の屍をさらつていつた
あなたは
トランペットから漏れる風だつた

ああ　わたしもまた
夏の日の罪を忘れねばならぬ
夢のようにして………。

第五七集（同十月号）には現代詩人会主催の「秋の詩講座」の案内が出ている。十月七日からの毎土曜日に全五回、場所は法政大の学生ホール、会費は全期二百円。講座内容は次のとおりである。第一日「海外詩壇展望」イギリス（西脇順三郎）、フランス（佐藤朔）、アメリカ（安藤一郎）。第二日「現代詩の性格」現実主義の詩（北川冬彦）、抒情詩と叙事詩（大江満雄）、超現実主義の詩（北園克衛）。第三日「現代詩の方法」レトリック論（笹沢美明）、心象論（村野四郎）、構成論（神保光太郎）。第四日「現代詩の鑑賞」風刺詩の鑑賞（山之口貘）、女流詩人の作品鑑賞（深尾須磨子）、現代詩代表選集批判（藤原定）。第五日「作詩指導」（三好達治、壺井繁治、近藤東、阪本越郎）。現今ではもはや考えられない第一線の詩人を動員した至れり尽くせりの内容である。交通・報道手段の不十分であった時代だけに、関東地域に居住する人々は大いに恩恵に浴したといえる。

年が改まり第六〇集（一九五一年一月号）では深尾須磨子「賦」と永瀬清子「蒼いあけがたに」の詩篇が巻頭を飾った。小出ふみ子は年頭の感想で「文句や、批評することは自由であり、容易なことだ。けれど、文句を言うんなら、それに代るべき方法と、原稿を用意して色々言つて貰いたい」と独特の言い回しで同人、会員を励ます。この集から高橋玄一郎が同人に加わり、新連載「詩法遍路」がはじまった。

『新詩人詩集』（一九五一年版）がようやく発売になった。詩集の第一部は創刊以来五年間に寄稿された一二八篇から選んだ四十一篇と創刊同人十四名の作品を含み、第二部は新同人作品と既掲載の千篇を超す作品から五十六篇を収めた（執筆者名は第八章末尾に掲載）。装幀はいわさきちひろ、Ｂ６版二五七ページで定価二五〇円、千五百部を印刷した。後年、葵生川玲は「戦後詞華集渉猟(3)」（「飛揚」一五号、一九九二年）でこの『新詩人詩集』をとり上げ、「一地方からの刊行物を何故と、不思議に感じられるかもしれないが」発行母胎の「新詩人」の「敗戦直後の混乱の最中に準備された、作品創造への熱い息吹は、全国各地の作品発表を求める詩人たちの心を数多く集めた」と紹介している。

　第六一集（同二月号）では秋山清の長篇詩「大鷹」が力強い。この詩を除けばほかはすべて同人、会員の作品で占められる。この頃より外部からの寄稿作がしだいに減少していく傾向がみられる。これは、一方では同人外の詩人たちが独自の発表の場を見出しまた創出し、他方では内部の同人、会員たちが力をつけてきた結果だろう。「新詩人」で育った松島甲子芳、臼田登尾留、江村寅雄らが詩誌評や作品評を担当するようになる。これを鼓舞するように第六二集では阪本越郎（一九〇六－六九）が「若い詩人への手紙」と題する長いエッセイを寄せている。秋山清の「大鷹」のほかにも、この後に発表される安東次男（一九一九－二〇〇二）「日本脱出」（第六八集、同九月号）と山本太郎（一九二五－八八）「丘の上の唄」（第六九集）の各長篇詩、金井直（一九二六－九七）の散文詩「地上」（第七〇集、同十一月号）なども読み応えのある力作である。第七〇集には松沢宥の横書きの実験詩があり、さらには小田川純（一九二九－二〇〇九）が金子光晴訳『ランボオ詩集』（角川書店、一九五一年）に辛口の書評を載せている。小田川は同号に自身によるランボーの訳詩を発表しているが、この後も「新詩人」誌上でフランス詩の翻訳を手がけるようになる。

この年の二月から小出はＮＨＫ長野放送局の聴取者文芸番組「詩」の部を月一度担当することになり、その要旨が雑誌にも掲載された。詩評の前置きとして述べる短い解説が初心者への詩作の指針として大いに役立った。ときに小出の記す「後記」から推察すると、「新詩人」の性格についての（純然たる同人詩誌ではない等の）中央の詩人あたりからのさまざまな批判があったようだが、こうして小出は詩誌の外でもラジオや詩話会を通じて現代詩の普及に力を注いでいる。他方では、こうした対外活動は「新詩人」会員や読者の増加に大いに貢献したことが、各集の新会員紹介欄からもうかがえる。

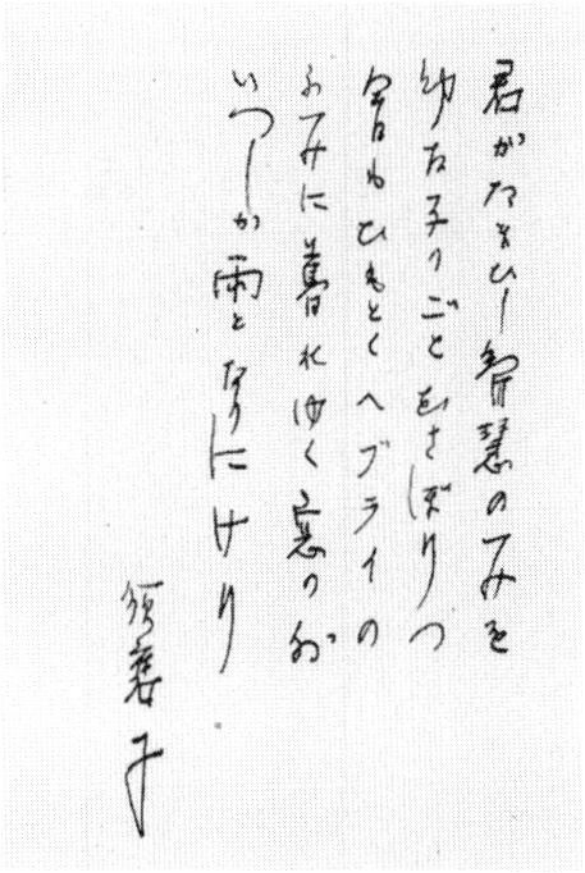
深尾須磨子「賦」の筆跡（「新詩人」第60集、1951年1月より）

文章の流れから逸れるが、第六七集（同八月号）の高橋新吉「林芙美子回想」が珍重である。芙美子の死亡を聞いたとき、新吉は悼む気持ちよりも先に腹立たしさが起こったという。新吉が芙美子を嫌ったわけはさまざまあったようだが、そもそもの発端は新刊詩集を芙美子に送ったところついに何の返答もなかったことだった。示唆に富む挿話である。

第七二集（一九五二年一月号）では山室静訳／Ｍ・マリ「純粋詩について（下）」と高橋玄一郎「詩法

遍路（一二三）」が目立ち、同人外では秋山清、藤田三郎、武内利栄が詩を寄せている。新コラム欄「詩法点描」には九号を紹介し、大河原巌の短い詩を載せている。「琢彫」は一九五一年一月の創刊で、編集大河原、発行志摩泉三、同人に岡野和夫、高田はな江、芳賀章内らが参加した。この集からのもう一つの新企画は「エコオ・ソノオル」欄で、ここには同人が時評、アフォリズムなどを自由に書ける。初回の表題は「詩人の態度」と「詩集の出版」。匿名だが、内容、文体から小出の文章である。なお、この月、小出の第二詩集『都会への絶望』（新詩人社、一九五二年）が深尾須磨子の序を添えて刊行の運びとなった。

第七二集の装いを一新した「書評」欄には小田川純が「詩行動」創刊号をとり上げている。エッセイ詩篇はともに「荒地」の意識に強く貫かれている観を否めないが、同人たちは各々の方法に違いはあるにせよ、いわゆる「暗い谷間」、「失われた世代」という共通の痛みの自覚のもとに連なっているとし、雑記欄の「すべての障害や憂鬱に耐えて、今日の共通な時代的基盤に立つわれわれの、意味と苦悩を、この雑誌で主張していきたい」との平林敏彦の言葉を紹介している。「詩行動」は一九五一年十二月から五三年十二月の間に月刊で通巻二十四冊と別冊一冊を出した。創刊には平林を中心とし、柴田元男、難波律郎、森道之輔、別所直樹、中島可一郎、飯島耕一、児玉惇、滝口雅子、志沢正躬ら二十名の同人が参加した。政治偏重への時代批判を基盤にして出発し、「その絶望的状況に耐え得る思想を背景とした現代詩」（平林）を目指したが、同人の詩的認識にひずみが生じ、終刊後に平林、中島、飯島らは「今日」を創刊した。

第七三集（同二月号）の尾崎喜八（一八九二－一九七四）の随想「焚火」は、十日余滞在した東京から信州富士見村に戻り、焚き火に向かいながら晩秋の山の端の生活に親しみ、また東京での日々を反芻しながら、自らの戦後の心境を記す。東京の洋書店でヘッセやリルケの詩集を求めるくだりでは、私は学生の頃に読んだ尾崎喜八訳のヘッセの詩篇のいくつかをつい思い起こした。

第七五集（同四月号）では大江満雄がエッセイ「日本語の表現美」の終わり近くで次のように書いている。「日本の詩は日本の生きた言葉をもつともよく表わしたものでありたいが、まだ詩人の中にも、無秩序な、気分的な、なんとなくいい、という風な表現にとらわれ、読者もそれにひつかかるようだ」「無駄な文字をならべている詩や語姿や音韻のわるい勝手な読まし方をする詩はいやだ。が、いちばん気になるのは、何をいつているのか判らぬと思はせる詩だ。それは考えれば考えるほどわからなくなる、というより、ばかばかしくなるからだ」。この趣旨は先に出した喜志邦三の警句「詩作品を勘で書くな」にそのまま通じる。同集「エコオ・ソノオル」欄の「詩壇的無名」中に、信州では部数三十万を誇る地元紙が戦時「疎開者名簿」なるものを発行したとあり、おどろきかつその悠揚ぶりに感心した。第七六集（同五月号）では小出ふみ子詩集『都会への絶望』に永瀬清子、木原孝一（一九二二-七九）、三好豊一郎（一九二〇-九二）、江村寅雄が批評を寄せている。このうち木原の文章は芯のある一詩論をなしていて詩集評中の白眉ではないか。その主要部分は第八章

小出ふみ子『都会への絶望』新詩人社、1952年

「補遺」で紹介する。

第七七集（同六月号）に同人名簿が載った。前回（第五五集）からかなりの変動がみられる。同人十七名（記載順）、高橋玄一郎、龍野咲人、江村寅雄、大石雅則、五十嵐誠一、島崎光正、小柳津緑美、河合泉、小島謙四郎、粟飯原省三、青木義幸、松島甲子芳、青山ゆきのり、福島運二、咲山三英、恩田よしあき、佐藤一郎、これに編集同人三名、岡村民、田中聖二、小出ふみ子が加わる。準同人は十三名、西条よしを、三村泰久、正岡慶信、宮島満里子、泉哲男、神山純一郎、竹村清之介、小田川純、深津秋藻、小林茂、木田雅、森武馬、関口守。

第七七集には名簿に続いて会則が載っているので、参考のために一部を抜粋しておこう。会員は三回以上準同人欄に推薦され、また準同人は五回以上同人欄に推薦されることが目安となって、それぞれ準同人、同人に選考を経てなることができる。経済上の問題もあり、これらは本人の申し出が前提になる。月刊であるので、こうした資格は好調な作者にとってはそれほどの難関ではなかったようだ。月割りの分担は同人二百円、準同人百円、会員六十円で、雑誌を各三、二、一冊ずつ配布される。

第七九集（同八月号）の龍野咲人の詩論「詩作の根源とその周囲」では「魂が魂のままで黙っている詩も、精神だけが雄弁に論じている詩も、ほんとうの文学作品となるためには、浪漫的な魂から生まれて形をもつとき精神のたすけを借りて不滅なものとなるのでなければならない。こうして、綜合質のもののはたらく方法の知性は浪漫的知性だ」という。詩篇の澄み切った言葉づかいに比べ、龍野の詩論の言い回しや語法には難渋する。第八二、八三集（同十一、十二月号）の小出ふみ子「現代文学における詩の地位（上）（下）」は長野県立北高校の文化祭での講演の草稿である。いかめしい題目は卒業生の詩人から与えられたらしいが、実際には、詩精神が文学やその他の芸術の核心をなすことから解き明かし、藤村の時代とは比べようのない厳しい時代を過ごしてきた昭和詩、戦後詩の有様を多くの作品例をあげて平易に説明している。

次に第八一集（同十月号）から龍野の短い詩をあげてみよう。龍野咲人（一九一一－八四）は上田市生まれ、戦後は学校教員の傍ら「新詩人」のほかに「オルフェ」「高原」などに詩を発表した。詩集に『水仙の名に』（一条書房、一九四三年）、『蝶が流れる』（詩苑社、一九六九年）などがある。

霧　龍野咲人

一椀の粥に　よろめきながら
みぞれに汚れ
焼跡の街を急いだのも
いつぱい六十銭のすいとんに
つくつく法師の坂が　のぼれず
涙ながして　彳んだのも
都が　灰の喪だつたからではない

ほんとうの　どん底だつたのだ
ぼくが　ついに　仆れたところ
胸は　洞穴の暗さに廃れ
橙色の美しい花火が曇つた

明日は　消えた
たましいも　やつれた
ああレントゲン写真に探れば　身動きもせぬ仄白い霧
ひそかに　遠のいてしまつたいのち

溟濛の霧を引裂き
突如　閃くもの！
それとも　目ばたきであつたのか
だが　その瞬間から　ただひとりの夢は侘しく落ちていつた

本章で扱った期間に創復刊された有力詩誌として、前記の「詩行動」に加えて「地球」「列島」があげられる。「地球」（第三次）は一九五〇年四月に発刊された。秋谷豊が戦中に出した「千草」（一九三八年九月創刊）が一九四三年三月に「地球」（第一次）と改題されて終戦まで続き、戦後の一九四七年七月に「地球」（第二次）として復刊したが、秋谷の病気のため二号で終わった。再復刊された「地球」（第三次）の第一号（一九五〇年四月号）には秋谷豊が評論「ネオ・ロマンチシズムの方法」を書き、初期の同人に小野連司、木下夕爾、唐川富夫、杉本春生、菊地貞三、冬園節、中江俊夫、新川和江、丸山豊、内山登美子、粒来哲蔵、松田幸雄などが参加。秋谷の本領は「あくまでも抒情詩の深化と普及」にあり（木原孝一）、多年にわたって多くの詩人がこの詩誌に集まり、時代の出発点としていった。一九五四年から五七年には『地球詩集』（地球社）全三集を刊行した。秋谷の病没（二〇〇八年）により「地球」（第三次、通巻一四八号、二〇〇九年七月）は終刊となった。

「地球」（第 3 次）2 号、1950 年 12 月

「列島」は一九五二年三月から五五年三月に十二冊を発行した。関根弘、木島始、井手則雄、木原啓允《ひろみつ》、許南麒、近藤剛規、福田律郎、出海《いずみ》渓也、野間宏、長谷川龍生、浜田知章らが参加した。「荒地」の非政治主義に対して「左翼の旗幟を鮮明にかかげ、朝鮮動乱後、高まりをみせたサークル詩運動を理論的に位置づける」（関根）活動を目指した。詩作を通じて専門の詩人がサークル誌の書き手と団結し、詩労働者、農民から詩人が生まれることを期した。

一九五〇年から五二年の間にわが国で起きた主な出来事を年表などで振り返ってみよう。

【五〇年】新年に米国統合参謀本部議長が来日し沖縄と日本の軍事基地強化を声明、吉田茂首相は基地承認は日本の義務と述べた。六月に朝鮮戦争勃発。マ元帥、国家警察予備隊七万五千名を創設。同時期にマ元帥は共産党中央委員二十四名の公職追放を指令し、教育、報道などのレッドパージもはじまった。一月には千円札が発行され、満年齢での数え方を実施した。四国連絡船紫雲丸が沈没。金閣寺が全焼、翌日放火者の母親が保津川に投身自殺。日本脳炎大流行。総評結成。山本富士子初のミス日本に。「芸術新潮」創刊。ぶどうの会「夕鶴」公演はじまる。笠信太郎「ものの見方について」、吉川英治「新平家物語」。米以外の主食が自由販売に。平均寿命ほぼ六十歳に達する（男五八・〇、女六一・四）。

【五一年】マ元帥罷免され、後任にリッジウエイ中将がＧＨＱ最高司令官に。対日講和条約、日米安全保障条約調印。九電力㈱発足。日本航空㈱設立、機長は外国人。血液銀行設立。石橋湛山、鳩山一郎ら追放解除。二月東京に三十センチの積雪、国電が止まった。三原山二度の大噴火。横浜桜木町駅で国電火災、扉開かず死者一〇五名。新聞・出版用紙統制が撤廃された。日本初のＬＰレコードはベートーヴェンの「第九」。無着成恭編『山びこ学校』刊行、峠三吉『原爆詩集』ガリ版刷刊行。ラジオ体操復活。宮本百合子没（五十一歳）、林芙美子「めし」連載途中に没（四十六歳）、原民喜自殺（四十五歳）、ジイド没（八十一歳）。

【五二年】国連加盟を国会で承認。破壊活動防止法を公布、公安調査庁が発足。破防法に反対した戦後最大のストに続き、皇居前メーデー流血事件。大学に警官隊が突入した早大事件も。琉球中央政府が発足。羽田空港が米軍から部分返還された。警察予備隊を保安隊に改組。日航機もく星星号、三原山で遭難。チャタレイ事件第一審で訳者に無罪の判決。ヘルシンキ五輪に戦後初出場。米国、原子力潜水艦を起工。ブリヂストン美術館、国立近代美術館が開館。電気洗濯機が普及しはじめた。西脇順三郎訳／エリオット『荒地』、壺井栄『二十四の瞳』刊行。サルトルとカミュの革命論争。美空ひばり（十五歳）の年度所得が歌手部門一位。久米正雄没（六十歳）、土井晩翠没（八十歳）、中山晋平没（六十五歳）。

追加資料（第四八－八三集）

詩作品（同人・会員外）

【第48集、以下数字のみ記す】永瀬清子「象」益永為美「手に題す」奥山潤「砂丘にて」高橋新吉「鳥達」佐伯郁郎「その手」山形三郎「夜霧の歌」秋谷豊「冬のかなた」長谷川吉雄「ポンセンベイの歌」**【49】**近江てるえ「雨のIMAGE」**【51】**岡崎清一郎「薔薇について」葛原積「常さんの山々」岩田潔「春風」西内てる子「冬の歌」帆田春樹「罠」**【52】**江口榛一「全宇であるおん身よ」**【53】**高橋新吉「風」深尾須磨子「ひとりの時」長谷川吉雄「悲しい眼（散文詩）」**【54】**秋谷豊「信濃の夕映」石田良雄「橋」冬木康「蛇の歌」**【56】**岡沢光忠「ブルドーザーと女」高橋玄一郎「信濃路」高橋新吉「風の日に」**【57】**笹沢美明「恋愛問答」武内利栄「別離の歌」**【58】**深尾須磨子「変貌」**【60】**永瀬清子「蒼いあけがた」深尾須磨子「賦」**【61】**秋山清「大鷹」**【62】**秋谷豊「蟬の歌」**【65】**柏木栄「エリザ」**【68】**安東次男「日本脱出」佐藤一郎「河原にて」植村諦「高橋新吉先生の結婚を祝す」**【69】**佐藤一郎「はつ秋」山本太郎「丘の上の唄」泉哲男「窓」丹治寿太郎「夢」**【70】**金井直「地上」佐藤一郎「白い歌」松沢宥「Chanson d'Amoar 8」（原文ママ）武内辰郎「歩行など」**【72】**佐藤一郎「願望」秋山清「秋のわか葉」藤田三郎「銀杏は黄金の葉をふらす」武内利栄「短章二篇」**【73】**佐藤一郎「石について」**【74】**三好豊一郎「自然の声」**【76】**大江満雄「石油ランプの街灯」「歌の中の歌」「ある戦死者の墓碑銘」**【78】**武内利栄「一つの過剰」**【79】**島伸平「雨季」

主な詩論・エッセイ

【第48集】藤田三郎「近代詩人論㈠-㈤抒情詩の家譜」（48-52）秋山清「言葉の詩論㈠大阪での印象」長田恒雄「詩壇時評」（48-51、55）【51】笹沢美明「若き詩人へ送る言葉㈠」小川敬士「短詩と長詩とについて」【52】秋山清「言葉の詩論㈡アルバイトなど」喜志邦三「若き詩人へ送る言葉㈡詩作と批判精神」小野連司「新詩人の周囲」【53】高橋玄一郎「詩論の前のもの」山崎馨「ネオ・リアリスムについて」【54】秋山清「言葉の詩論㈢高村光太郎と民衆詩派」大滝清雄「詩精神について」江村寅雄「詩は私である」【55】大江満雄「詩人とユネスコ」金沢宏「詩人の態度㈠」【56】金沢宏「詩人の態度㈡いかに詩を書くか」持田肇・松島甲子芳「教科書中の詩について」小出ふみ子「教科書の詩について」【57】安藤一郎「エリオットの恋愛詩」秋山清「言葉の詩論㈣恋愛詩の言葉」空晴二「恋愛詩談義」金沢宏「詩人の態度㈢異端のポエジイ」【58】武内辰郎「恋愛と抵抗に就て」【59】島崎光正「智恵子抄遍歴」本田登史彦「ドビユッシー雑記」【60】冬園節「萩原朔太郎断想」高橋玄一郎「詩法遍路㈠-(二四)」（60-83）【61】冬園節「現代詩の領土」【62】阪本越郎「若い詩人への手紙」【63】小出ふみ子「新詩人の詩人たち」【65】永瀬清子「初夏の日記より」田中聖二「詩人の世界」【66】岡村民「幼時記」【67】高橋新吉「林芙美子回想」高崎謹平「岡村民論」小松暮夫「なまけ者の精神」【68】岩佐東一郎「初秋詩話」大石雅則「愛と死と」【69】武内辰郎「第三者の感想──詩学編集者に──」大森亘「描写のうしろに寝ていられない」【70】長田恒雄「詩の勉強とグルウプ」【71】山室静訳／M・マリ「純粋詩について（上）（下）」（71-72）【72】小田川純「貫く「荒地」の意識──「詩行動」創刊号批評」【73】尾崎喜八「焚火」永瀬清子「宗教について」【74】片山敏彦「ハーバート・リード」小田川純「有楽町の街頭詩人城米彦造」【75】大江満雄「日本語の表現美」草下英明「宮沢賢治の「星」の表現について」【76】木原孝一「詩集「都会への絶望」に希望する」【78】松島甲子芳「中学生の詩」【79】龍野咲人「詩作の根源とその周囲」【81】島崎光正「バスと道路の話――詩の難解に就て」【82】小出ふみ子「現代文学における詩の地位（上）（下）」（82‐83）

「私の詩作」（表題略）

【第72集】松島甲子芳【73】小出ふみ子【74】江村寅雄【75】小島謙四郎【76】大石雅則【77】咲山三英【78】小柳津緑美【79】五十嵐誠一【80】河合泉【81】青山ゆきのり【82】宮島満里子【83】福島運三

「エコオ・ソノオル」（ほぼ無記名）

【第72集】「詩人の態度」「詩集の出版」【73】「勤労詩の行方」「新年の新聞の詩」【74】「村野氏と「世界詩」」「汚吏のごとくに」「作品の一本勝負」【75】「自主性の確立」「詩壇的無名」【76】「サルトルの「異邦人」とマラルメのサンボリズム」「所謂「詩情」というもの」【77】「勤労詩再出発」【78】「日・米で出版計画・日本の歌をうたえるように英訳して」

小出ふみ子「ＮＨＫ聴取者文芸「詩」評」

【第62集】「今日の感覚」【64】「古い常識と慣習の否定」【65】「人間性の追求」【66】「誠実な人間であること」【67】「客観的な眼」【68】「たんなる文章の行分けはいけない」【69】「感覚を中心に」【70】「社会人としての作品」【71】「純粋な眼と自分の言葉」

訳詩

小田川純訳　P・ジェラルディ [第69集]「青年」／A・ランボー（以下8篇）[70]「九十二年ならびに」[71]「からすたち」[72]「谷間は眠るもの」[73]「オフエリア」「わざわい」[74]「朝のいいおもい」[83]「花々」「橋々」／S・プリュドンム [77]「銀河」／E・E・カンミングス [82]「緑のいろのあらゆるものが私の愛をのせて」

山室静訳 [70] J・P・ヤコブセン「日はなべての悲しみをあつめて」

「近刊詩集抄」と「書評」の詩集・詩書

[第48集] 日高てる『めきしこの薊』（炉書房、奈良県、一九四九）[49] 正木聖夫『薊』（重書房、京都市、四九）[50] 浅井十三郎『火刑台の眼』（詩と詩人社、新潟県、四九）[51] 藤村青一『秘奥』（第二書房、大阪市、五〇）[52] 高橋新吉『高橋新吉の詩集』（日本未来派発行所、札幌市、四九）[53] 清水高範『冬と秋との詩』（広島音楽高校文芸部、五〇）[54] 深尾須磨子『君死にたまふことなかれ』（改造社、四九）[55] 板口富美子『をさなごのうた』（ゆり歌会、福岡市、五〇）[56] 高島高『北の貌』（草原書房、千代田区、五〇）[57] 日本文芸家協会編『現代詩代表選集』一九五〇年版（小山書店、五〇）[58] 永瀬清子『焰について』（千代田書院、札幌市、五〇）[59] 橋田一夫『瀬戸内海』（蘇鉄社、高知市）長田和雄『相貌』（三友社、千代田区）諫川正臣『美しい薊』（私家版、四条市）[60] 殿内芳樹『断層』（草原書房）[61] 返田満『失神の座』（中央山脈社、山梨県、五〇）[62] 伊藤信吉編『高村光太郎詩集』（新潮社、五〇）[63] 岩田潔『心猿』[64] 日本文芸家協会編『現代詩代表選集』一九五一年版（小山書店、五一）[65]『金子光晴詩集』（創元社、五一）[66] 諏訪優『聖家族詩集』（私家版、練馬区）[67] 冬木透『彷徨感覚』（私家版、夕張市、五一）[68] 安東次男『蘭』（月曜書房、千代田区、五一）[69] 金子光晴訳『ア

ラゴン詩集』（創元社、五一）[70] 北川幸比古『草色の歌』（私家版、中野区）金子光晴訳『ランボオ詩集』（角川書店、五一）[71] 峠三吉『原爆詩集』（広島市新日本文学会、五一）[72] 合田曠『黒い穹窿』（四国文学社、高松市）[73] 深尾須磨子『洋燈と花』（宝文社、五一）[74] 佐々木邦彦『ケロイドの頰』（文童社、京都市）[75] 長尾辰夫『シベリヤ詩集』（宝文社）北方民生協会編『日本凍苑（一九五二）』（同協会、札幌市）『中央山脈詩集（一九五一）』（中央山脈社）『福島県詩人選集』（同県詩人協会、五〇）山形県詩人協会編『北方詩集』（同協会、山形県）前衛詩人連盟編『新定型詩アンソロジー』（四八）[76] 中野嘉一『春の病歴』（詩の家、五二）[77]『別所直樹詩集』（詩行動社、品川区）『PLÉLADE 詩集』（プレイアド発行所、世田谷区）岩佐東一郎『裸婦詩集』（青園荘、板橋区、五一）永田泰三『南方の夢』（自由詩社、杉並区）岡田満『自然薯』東大民主々義文学研究会編『歌いつゝ、勝利え』（同研究会）大日方寛『峡の鏡』（石坂書店、長野市）[78] 谷川俊太郎『二十億光年の孤独』（東京創元社、五二）[79] 平光善久『伽羅雲』（詩宴社、岐阜市）波多野郁夫『失はれた夜に』（民芸通信の会、埼玉県）町安太『第一町安太集』（私家版、ブラジル）道満誠『培土』（新日本詩人刊行会、中野区）関根九雀『ふるさとの鶯』（大雅洞、杉並区）田中清光『愛と生命のために』（私家版）渡辺正也『食堂の降雨図』（暦象詩社、松阪市）『二行詩ANTHOLOGY』（東海文学同志会、愛知県）今入惇『道』（私家版）[80] 田中伊佐夫『獣眼』（詩と詩人社）村野四郎『今日の詩論』（宝文社）上林猷夫『都市幻想』（日本未来派発行所）池崇一『薔薇十字』（一路書苑、中野区）関根九雀『寂しい猫』（大雅洞）[81] 大島庸夫『真珠頌』（四季社、都中央区）萩野卓司『晩夏』（詩と詩人社）野崎善三郎『落日と灯』（暦象詩社）首藤三郎『埋立地』（心象社、別府市）[82]『日本無名詩集・祖国の砂』（筑摩書房）[83] 米田栄作『川よ　とわに美しく』（第二書房）『日本ヒューマニズム詩集』（三一書房、千代田区、五二）

第七章　創刊八－十年目　1953.1－55.12

この章では「新詩人」第八四集（一九五三年一月号）から第一一九集（一九五五年十二月号）までの三年間をまとめる。この時期から詩、詩論、エッセイともに、外部の詩人の寄稿が減少する傾向が目立つようになり、その分、同人作品の割合が増えてくる。それだけに以後ほぼ四十年間にわたる「新詩人」の詩誌としての特色が形づくられた時期といえる。また、この時期から書評欄の詩集数が急増している。寄贈本をできるだけ多く紹介したいとの編集者の意図もあるが、詩作者数と発表誌数の増加がそのまま反映しているとみてよいだろう。戦後十年近く、朝鮮戦争特需の恩恵もあずかって物質生活が上向きとなり、さすがに印刷紙不足を訴える向きもなくなった。

第八四集は「歴史の新しい一頁」と題した嶋岡晨の巻頭詩からはじまっている。これに続き座談会「詩の「難解性」についての分析」に大きく紙幅をとり、号全体としてもめずらしく本文六十六ページの厚みになった。座談会は江村寅雄、松島甲子芳、小島謙四郎、小出ふみ子の四名によるもので、裏表紙には小さな座卓を囲む若い四人の写真が載っており、貴重である。座談内容は発言者名を省き全体の流れをエッセイ形式にまとめている。「むずかしさ」は作品と読み手の相対的な関係によってみるべきとの妥当な見方から話をすすめ、さまざまな詩人たち、黒田三郎、高村勝治、西脇順三郎、秋谷豊、小野十三郎の「むずかしさ」に関する言葉を紹介しつつ、現代詩のこの宿命に絶望に近い気持ちと明るい希望とをともに抱く複雑な心境ながらも、課題への探求心を鈍らすことはないと結んでいる。分析といっても方向性を示せる問題ではなく、現状分析に始終したのはやむを得ない。ここでも難解性の槍玉にあげられたのはシュルレアリスム（ないしオートマティスム）であり、春山行夫、北園克衛、伊勢田史郎の実験的作品が例示されている。当時のシュルレアリスム受容のあり方をうかがううえで大いに参考になる。この集の「ラジオ詩の選評・耳できく詩」では、小出は竹内淳の二行詩をとり上げ、朗読詩は表現をやさしくし一定の量が要るとの常識は的外れと指摘している。同集の二篇の短い詩、高橋玄一郎「追放」と小出ふみ子「時代」は戦後八年目を反映する読み応えのある作品である。

第八五集（同二月号）では編集者の要望に応えて、めずらしく高橋玄一郎が「歴史の眼　歴史主義のわな――詩学年鑑〈一九五三年度版〉批評」と題した時評を展開している。「もともと、詩とジアナリズムとは、無縁のものである。それを、縁因づけやうとするのは、ジアナリズムのとりこになつている連中だけの世界」と、玄一郎の軸足は一貫している。この集から嶋岡晨が、また次の集から小田川純が同人に加わった。

第八六集（同三月号）では小田川純がA・ランボー「母音たち」ほかを、嶋岡晨がR・ラディゲ「アルファベット文字」を訳し、各々の詩人と作品に解説を付している。同集の書評欄では松島甲子芳が土橋治重詩集『花』（日本未来派発行所、一九五三年）をとり上げて、「織り成されているのは、円熟みを加えつゝあるヒューマニズム、詩的現実への対決の苦悩である。大きな人間的愛情に接した時には、作者は温厚と思われる心の故に、ある時は戸迷いし、期待した人間愛に容れられなかつた時は、人間的な深い不満を洩らす」と述べる。小出は「後記」に「池田克己氏が胃ガンでおなくなりになつた。（中略）世間的にはどう取沙汰されていようと私にはやさしいお手紙を下さつた詩人だけに、東京で病状をきくにつけても、（同じ病で亡くした）夫の真黒な胃と黒くコブの出来ている食道のレントゲン写真が目先にちらついて、病む池田氏には到底逢えなかつた」と記している。第八七集（同四月号）の「新詩人作品」欄に図子英雄（一九三三－）の名があり、その後も頻繁に同欄に作品が掲載されるようになる。

第八八集（同五月号）の遠地輝武「抵抗の恋愛詩」は特異な詩論をなしている。わが国近代の人間解放に「明星」や藤村、透谷などの恋愛詩が一定の役割を期待させたが、これらを自然主義文学が台無しにし、日本の恋愛詩を人間性を高めるためではなく、ただ煩悶し惑溺することのみに興味づけてしまった。以来、日本の恋愛詩は少女感傷詩からどれほどの成長をとげたか。現在の女性詩人たちがこの問題に無関心で、自分の肉体を通した抵抗の詩をうたうことに何一つ興味を示さないことをふしぎに思う。こう遠地は訴える。

第八九集（同六月号）では「北川冬彦氏を囲んで詩と映画を語る」座談会に大幅のページをとっている。この座談会は長野鉄道管理局の招きで冬彦が来長し、機関誌「長野文化」文芸欄の詩選者である小出、同管理局内の詩人、高木彰、大沢盈夫、南哲夫、それに司会の木俣彰一局長を交えて催された。〈勤労詩の功罪、詩は猫に小判でよいか、詩人は変人か、詩とテレビジョン、難解な日本語の詩を日本語に訳したら、天然色映画と黒白映画是非論、詩は絵と思えばよい、楽しい映画と良い映画〉という見出し語が座談の内容を表し、当時の冬彦の生活観や時代背景を彷彿させる。

第九〇集（同七月号）からは福島運二が詩論「現代詩の行動」を三回にわたり、また嶋岡晨が随想「シメエルの夢」を断続して掲載する。第九一集（同八月号）の「近刊詩集抄」欄では新川和江（一九二九－）の処女詩集『睡り椅子』（プレイアド発行所、一九五三年）をとり上げ、「彼女の思想は、いつわりなく生活を記録するところから生まれた。その愛情のうつくしさも、ここから生まれた。トントン葺きの安普請、フライパン、つるしの洋服、自転車、重税が歌われるが、それらはことごとく審美学化されてしまう」と龍野咲人は言葉を添える。同集後記に人見勇（一九二二－五三）病没の訃報が載った。人見勇は横浜生まれで、「文芸汎論」「近代詩苑」などに詩を発表した。遺稿詩集に『襤褸聖母』（第一書詩社、一九五三年）がある。

第九二集（同九月号）の「エコオ・ソノオル」欄「詩の朗読」は大いに参考になる。勝手な解釈による台詞のような抑揚のある読み方は、それだけ読み手の解釈を聴き手に押しつける結果になるので、感情を交えない忠実な伝達者が最良の読み手になるそうだ。これまでに読み手として満足できたのは山本安英と局アナウンサーであったという。

第九三集（同十月号）の「詩と現実と愛」で両角克夫は「詩論は、所謂学問的な理論や思想体系によつて支配されない、個人個人の独自な詩的感動の反省的記述であり、他の詩的体験と主張との間に於ける自己の位置づけ方向づけでもある」と書いているが、首肯できる。同集の「「文学」けぎらいの弁」で小田川純は、数年前にある人が「文学」の文字は固苦しく大げさでいけない、同じ読みで「文楽」ではどうかといっていたが、趣旨に賛成ながら人形浄瑠璃と混同されるのが難点、自分は「文学」に替えてもっぱら「文芸」を遣いたいという。賛同する人も多いだろう。

ここで「新詩人」の表紙絵（および挿画）について一言述べておこう。おおむね第八四集あたりから表紙絵はそれまでのいわさきちひろに加えて宮沢今朝雄、ふじいくにおが分担していたが、これに第八八集から嶋岡晨が加わった。そして第九二集からはもっぱら嶋岡が表紙絵を描く。おどろくべきことに、嶋岡の描く表紙絵は終刊号（通巻五七六集、一九九四年五月号）まで続くことになる。嶋岡はこの頃から創作詩に加えて、訳詩、エッセイにも目を見張る筆力を示す。

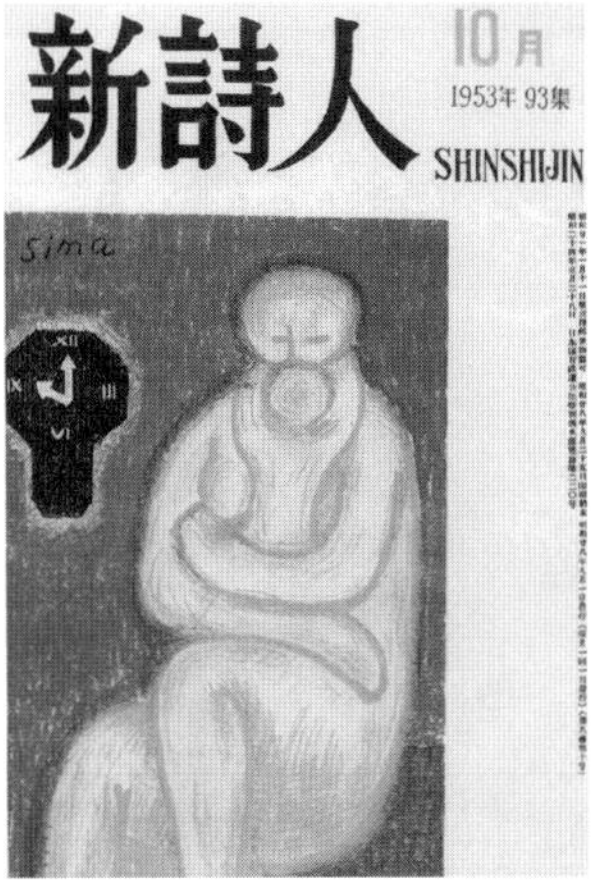

「新詩人」第 93 集、1953 年 10 月、表紙＝嶋岡晨

この時期から外部からの寄稿が減り、同人の作品が多数を占める傾向は一層はっきりしてきた。第九六集（一九五四年一月号）では同人外の寄稿者として藤原定と谷川俊太郎（一九三一-）、第九七集（同二月号）では大江満雄と木原孝一、第九八集（同三月号）では深尾須磨子と佐藤総右（一九一四-八二）と、各二名に限って詩篇を掲載している。ほかはすべて同人と会員の作品である。この後はほぼ同人、会員

の作品のみが誌面を占めるようになる。第九九集（同十一月号）では嶋岡晨訳のJ・タルジュウの詩に大きく紙幅をとっている。

一九五四年五月号は第一〇〇集に相当するが、とくにそれらしい企画は見当たらない。「エコオ・ソノオル」欄の小出の「百号への感想」が載っているものの、これも年若い同人たちとの出会いの思い出話に始終している。同集には「特集・ビキニの灰」と題して八名の同人の詩作品を載せている。続く第一〇一集（同六月号）の「後記」には、これらの作品は特集を組むために募ったものではなく、ビキニの灰事件（同年三月一日の第五福竜丸事件）に接して自発的に作られたものであると断っている。この特集のなかの一篇を転載しておこう。

現象　嶋岡晨

どこかに地震がある
小鳥たちがむらがつて飛んでゆく
どこかで山が噴火してゐる
死んだ魚たちがながれてゆく
どこかでひとが涙をながしてゐる
あんなに樹木はふるえてゐる

どこだろう　だれだろう……
どこでもなく　だれでもない……

わたしは　朝をむかえる
するとおなじころ　きみは夜をむかえる

わたしが死んでゆくと
きみは　生きかえるのだろうか

わたしがきみに嘘をつくとき
きみは　しんじつをわたしに告げる

どこかで花がちりはじめる
かなしい歌がきこえはじめる

どこだろう　なんだろう……
どこでもなく　なんでもない……

すれちがうわたしの知らない人たちの
わたしだけが知つてゐる罪をどうしよう

かれは人を殺したのだ
いや　殺すかもしれないだろう……

第一〇二集（同七月号）では多田昇三（一九二七－）が同人に加わった。この詩人は「新詩人」同人として終刊まで弛まず詩を発表し続け、現在は「回游」の同人として変わらず健筆をふるっている。このあと橋場玲児、前田弘行、高森忠義らも同人に加わった。

第一〇四集（同九月号）「エコオ・ソノオル」欄の「詩書の在り方」という表題に目を惹かれたので、要旨を述べておくと、匿名筆者がさる図書推薦委員会に出席した折、ある現代詩の入門書が推薦から外された。理由は「著者の身辺のことだけを書いていたのしんでいるようで、この本からは現代詩についての系統的な知識は得られず、読者に混乱を与える恐れがある」というものだった。筆者はこれに何の反論もできなかったという。「詩壇に通暁している学者、だれにもわざわいされることのない研究者がいて、現代詩の紹介を正しくしてくれたらね」という笹沢美明の言葉を思い出しつつ、自分の仲間しか目に映らない詩人という人種を嘆き、みずから弱気になったそうだ。

第一〇五集（同十月号）では長野市で催された座談会「現代詩の行方」の内容を載せている。出席者は松島甲子芳、小林茂、石田頼治、倉石長彦、保谷俊雄、小出ふみ子の六名。気ままに話したことを読むに堪え得るように整理したとのことなので、ここでは小見出しを鍵語としてあげておこう。〈地方と東京、地方人の劣等感、環境と条件、原書の影響、詩人の奇行、体系と基礎のないもろさ、新詩人の方向、詩論の有無、古典の再吟味、意味を新しく〉。出席者の話しぶり、とくに詩人の奇行のところはたいへん面白い。

第一〇六集（同十一月号）の「シユペルヴイエル詩篇」の五篇は訳者嶋岡晨によるとこの詩人の最新詩集『忘れやすい記憶』に含まれる。松島甲子芳「朗読詩の特質」は新見解を述べたものではなく、朗読詩の特徴を、言語の一回性、聴き手の多様性、言語と構成の平易さ、作品の長さ、の各項目に分けて解説している。「書評」欄では嶋岡晨詩集『薔薇色の逆説』（貘の会、一九五四年）を小出が担当している。この詩集には一九五三年秋から五四年夏までの作品三十篇が選ばれたが、それ以前の「新詩

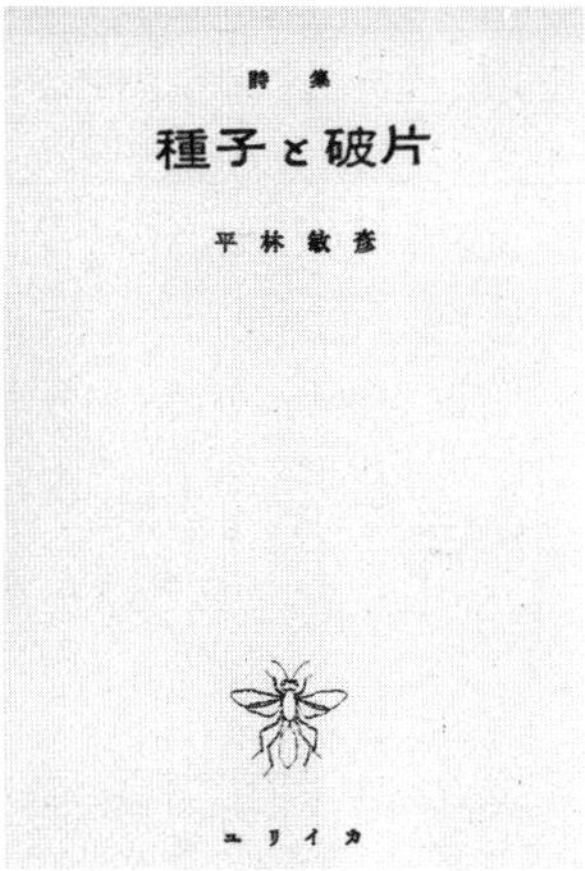

平林敏彦『種子と破片』書肆ユリイカ、1954年

人」等の作品が捨て児になっているのは将来の嶋岡の研究家にとって惜しまれるとの小出の言は、半世紀を経て的を射ていなければよいがと思う。

第一〇七集（同十二月号）の二篇の朗読詩、小出ふみ子「凩」と高橋玄一郎「秋いく秋」はともに放送用に書いた長篇の意欲作である。「凩」では、郷土民謡を編曲した音楽の挿入位置まで指定している。この集には久々の新詩人東京詩話会の案内があり、在京同人の江村、松島、咲山三英、嶋岡、保谷、桜井宏、竹村清之介、多田、高森、それに小出の出席を予告している。

「新詩人」は第一〇八集（一九五五年一月号）で十年目に入った。この集には座談会「現代詩の行方Ⅱ」として「今日の抒情とは？」を載せている。今回の座談会は前年十一月に東京・日比谷で開かれ、小出のほかに右に記した在京の同人九名がそのまま集まった。戦後抒情の変革を唱えた小野十三郎の抒情の行方を話し合うとのことだが、前回同様に小見出しをあげておこう。〈難解な詩について、抒情について、叙事と抒情詩、現実と詩の世界、内的要素とは？、リアリティとファンタジー、全体の中の個〉。同集「書評」欄の詩集は笹沢美明『形体詩集　おるがん調』（明雅堂、一九五四年）、永瀬清子『山上の死者』（日本未来派発行所、一九五四年）、平林敏彦『種子と破片』（書肆ユリイカ、一九五四年）の三冊で、いずれも年月を経るとともに新しい読者を惹きつけてきた詩集である。

第一一〇集（同三月号）から多田昇三の詩を引いておこう。多田は別のところで、「眠れぬ夜」ではなく「眠らぬ夜」に私の日常がある、といっている。

眠らぬ夜のために　多田昇三

遠くあつてゆらめくゆえに
ぼくのみつめていた灯が　ある夜
ふつと　消えてしまつた

人　あれは　いつも
不具の　こころに　かたくなの
愛　かなしく　つもり

風が来たからではない
それは　無頼の性根が生き継ぐために
ふりむいてはならない　あかりであつた

ひとすじ　あるべき　道に
しぐさ　酔い　耳底に鳴る
不逞を　聴けば

巷の夜はどこへつづいているのだろう
もうぼくの瞳や足もとに
射込んで来るひかりはあるまい

満天のほし
仰ぐたましい　高ければ
くらい　気質　吐き捨てて
吐き捨てて　あるけよう

むかし交はしたことのある言葉のなかで
影絵のように立ちすくんでいるひと

第一一一集（同四月号）の「詩的環境ということ」と題した編集者への長い手紙のなかで宮島摩利子（満里子）はこう書いている。「男性諸君が次から次へと新しい発見を得て、その境地から独特な空気を流していかれる姿に接して、羨ましい以上にねたましくもなつてまいります」「よき妻よき母となるために努力していくことと、よき詩的環境を得ることと、まるで背をむけあつてしまつた状態に、なつてしまいました。詩の日常性が私には持てなかつたのです」。この声を男性諸君はどう聞いたか。手紙への返信（第一一三集、同六月号）で小出は「あなたの子供、夫、またあなたの手にふれるもの、周囲にあるものすべてあなたの叡智によつて、いきいきと甦えらせて下さい。未知の世界へ現れた旅人のように、あなたの眼を透して甦えるデフオルメの世界と美しいファンタージユ、あなたの周囲にあるものと同じに、私も待つております」と書くが、どこまで宮島を納得させられたか。

第一一一集の座談会「現代詩の行方 Ⅲ」の主題は「現代詩における音楽性」で、場所は都内、出席者は小出ふみ子、松島甲子芳、江村寅雄、竹村清之介、咲山三英、保谷俊雄の六名。〈音楽を意識した表現、音楽性とは何か、イメージかメロディーか、音楽性のある作品、定型と音楽性、綜合された表現〉が話題になった。

小出ふみ子（左）と大学生の久世光彦（右）、1955年頃

第一一三集の江村寅雄「われない胡桃」では、ともに大連で「亜」に拠り、またのちに「詩と詩論」で協調し合った安西冬衛と北川冬彦の志向が、すでに若年時からはっきりと異なっていたことを、両者の短詩を比較しながら解き明かす。第一一五集（同八月号）の高森忠義「顔のない詩人ロオトレアモン」は『マルドロールの歌』の詩人への心を込めた案内である。周知のように、この詩人の写真が発見されて「顔のある詩人」になるのは、まだ二十年先のことである。第一一六集（同九月号）の新詩人作品2欄に久世光彦（一九三五－二〇〇六）が「青い地平」という作品で顔を見せている。

第一一七集（同十月号）「エコオ・ソノオル」欄の「教師と現代詩」は第一一六集同欄にあった夜間高校生の言葉「私たちがサークルでつくる詩と、学校で先生が教え、ほめてくれる詩は違う」を受けた一文である。国語教師でもある松島甲子芳は、教師への啓蒙には詩作者からの働きかけと文部省指導要領の骨身のある解説の両面が必要と説く。五十年余を経た現在もこの問題はそのまま当てはまり、むしろ状況は後退しているといえる。第一一八集（同十一月号）の多田昇三「未完の架橋――中野重治素描――」では「ぼくは中野重治の詩を、古典として固定的・文献的に受けとるよりも、現代詩への未完の架橋であるような気がしてならない」と結ぶ。この集の「書評」欄は小出ふみ子『花詩集』への便りを特集している。

第一一九集（同十二月号）「エコオ・ソノオル」欄の「敗戦拾年――詩における正教と異端――」では、短歌・俳句は伝統芸術だと安閑としていたら大間違い、歌人・俳人は他の文学形式にも手を染めてみてはとの江口榛一（「日本短詩型文学の性格」、「世界」一九五五年十二月号）の言葉を引用し、詩人諸君にも大いにこれを勧めたいと述べている。同集「詩に於けるユーモア」で高森忠義は、シュルレアリスム以後のフランスの詩人たちは大胆にユーモアを採用しているが、もし緊張度の高い操作を失えば、ただ野放図なポンチ絵ができ上がるだけだろうという。

最後に補足事項を一、二付け加えておこう。同人・会員名簿は第七七集（一九五二年六月号）以来発表されていないので、新会員紹介欄をもとにそれ以後一九五五年末までの新同人を以下に列記する。嶋岡晨（第八五集、以下数字のみ記す）、小林茂、木田雅、小田川純（以上、八六）、小園好（九〇）、桜井宏（九四）、松木正利（九五）、正岡慶信（復活、九八）、多田昇三（一〇二）、福田英夫

（一〇三）、橋場玲児、前田弘行、高森忠義（以上、一〇四）、飯田義忠（一〇八）、石田頼治（一〇九）、臼田登尾留（復活、一〇九）、早川清治、三村康久（以上、一一〇）、永田泰三（一一二）。この間の退会者は不詳。第一一八集の会員作品評欄には作品数四五二から作品1（準同人作品）欄に四篇を推薦、作品2（新人作品）欄に八篇を掲載、また第一一九集では作品数六八三から作品1欄に六篇を推薦、作品2欄に八篇を掲載とあるので、これからおおよその会員（購読者）数を推察できる。第一一九集は本文五十八ページ、紙質もずいぶんよくなった。定価七十円、年会費は八百円だった。

かくして「新詩人」初動期の十年は過ぎた。

本章で扱った期間に創刊された主要な詩誌に「櫂」「今日《きょう》」がある。「櫂」は一九五三年五月に川崎洋、茨木のり子により創刊され、谷川俊太郎、吉野弘、大岡信、中江俊夫ら「荒地」の次の世代の詩人たちが多く参加した。同人外から飯島耕一、谷川雁、牟礼慶子、山本太郎らが寄稿。一九五七年十一月に全十一冊を発行して解散したが（第一次）、一九六五年十二月に第一二号を出して復刊（第二次）した。「今日」は一九五四年六月から五八年十二月の間に書肆ユリイカから季刊誌として刊行され、十冊を出した。

「今日」第1冊、1954年6月

「詩行動」終刊後、その同人だった中島可一郎、平林敏彦、飯島耕一、児玉惇、難波律郎らに岩田宏、大岡信、清岡卓行、岸田衿子、多田智満子、田中清光、辻井喬、長谷川龍生、金太中、山口洋子、吉岡実、吉野弘など戦時体験を背負う新世代の多彩な詩人たちが加わった。編集者は中島、平林、入沢康夫と代わった。同時代詩人の寄稿を求める編集方針に応え、黒田三郎、谷川雁、山本太郎、中村稔が作品を寄せた。「われわれの関心をもっとも唆るのは、新しいリアリティを支える新しい方法の発見を、現代詩の流れのなかで摑み取ることだ」と創刊号にうたった。

一九五三年から五五年にわが国で起きた主な出来事を振り返ってみよう。

【五三年】二月、衆議院予算委での吉田茂首相のバカヤロー暴言に端を発し、内閣不信任、国会解散、自由党分党（鳩山一郎総裁）へと発展。保安隊が改組し防衛庁、陸海空自衛隊が発足した。第一回中国引揚船興安丸が舞鶴に入港。ＮＨＫテレビ、続いて日本テレビの本放送開始。課外活動での剣道復活。黄変米配給の反対運動が激化。日本ウイルス学会創立。北九州・和歌山で豪雨により死者行方不明者多数。海外ではアイゼンハワーが米大統領に。スターリン死去、マレンコフが後任に。板門店で朝鮮休戦協定調印。英国登山隊エベレスト初登頂。斎藤茂吉没（七十歳）、折口信夫没（六十六歳）、堀辰雄没（四十八歳）、徳田球一北京で客死（五十九歳）。

【五四年】自由党・吉田茂の引退と保守合同、日本民主党の結成、鳩山内閣の成立。政府、自衛隊は合憲と発表。ビキニ水爆実験で第五福竜丸が被災。台風十五号のため洞爺丸が転覆し死者行方不明者一一五五名、同日北海道岩田町では大火災。五十銭以下の小銭を廃止。新村出編『広辞苑』第一版（岩波書店）刊行。衣笠貞之助監督「地獄門」カンヌ映画祭で大賞、新藤兼人監督「原爆の子」国際映画祭で平和賞受賞。中国で簡体字を採用。プロレス大流行。尾崎咢堂没（九十五歳）、御木本幸吉没（九十六歳）、岸田國士没（六十三歳）。

［五五年］ 統一社会党発足、委員長に鈴木茂三郎、書記長に浅沼稲次郎。米軍ロケット砲オネストジョンを富士山麓で試射。原爆搭載機B57横田基地に到着。軍事基地反対闘争が激化。第一回原水禁世界大会が広島で開催された。長崎平和記念像が除幕。坂口安吾没（四十八歳）、豊島与志雄没（六十四歳）、大山郁夫没（七十五歳）、安井曾太郎没（六十七歳）、アインシュタイン没（七十六歳）、トーマス・マン没（八十歳）。

追加資料（第八四－一一九集）

詩作品（同人・会員外）

【第84集、以下数字のみ記す】 小坂光吉「野末」**【96】** 谷川俊太郎「鳥」藤原定「皿」**【97】** 大江満雄「無所有感について」木原孝一「冬の旅」**【98】** 深尾須磨子「春」佐藤総右「合唱」

主な詩論・エッセイ

【第84集】 高橋玄一郎「詩法遍路（二五）－（四二）」（84－99、101－102）嶋岡晨「ボオドレエルと日本現代詩」**【85】** 高橋玄一郎「歴史の眼　歴史主義のわな――詩学年鑑〈一九五三年度版〉批評」**【88】** 遠地輝武「抵抗の恋愛詩」**【90】** 福島運二「現代詩の行動（一）－（三）」（90－92）岡村光洋「詩について」嶋岡晨「シメエルの夢（一）－（五）」（90－91、95、98、101）**【93】** 両角克夫「詩と現実と愛」小出ふみ子「秋の随筆」小田川純「「文学」けぎらいの弁」**【94】** 三村康久「ふるさと」**【96】** 岡村民「第一義的詩の話」**【97】** 宮島摩利子（満里子）「農村生活」**【99】** 早川清治「「君は詩人だな」ということ」小出ふみ子「女の勇気」多田昇三「蒲田駅周辺」**【100】** 保田俊雄「ポール・エリュアールおぼえ書き」**【102】** 竹村清之介「国会について」咲山三英「何を書くべきか?」**【103】** 多田昇三「N君への私信」**【104】** 松島甲子芳「独言抄」**【106】** 松島甲子芳「朗読詩の特質」**【107】** 島崎光正「碌山館紀行」**【109】** 保谷俊雄「日本語の再発見?」**【111】** 宮島摩利子「詩的環境ということ」松島甲子芳「抒情断片」**【113】** 江村寅雄「われない胡桃」**【114】** 多田昇三「向日性の芽」**【115】** 高森忠義「顔のない詩人ロオトレアモン」**【117】** 咲山三英「内に向う眼と外に向う眼」小出ふみ子「ほおづき」〔118〕多田昇三「未完の架橋——中野重治素描——」〔119〕高森忠義「詩に於けるユーモア」「私の詩作」（表題略）

〔**第84集**〕佐藤一郎〔**85**〕青木義幸

「エコオ・ソノオル」（ほぼ無記名）

〔**第86集**〕「新聞の郷土性」「詩人の本職」〔**87**〕「インスピレイション」「寝言詩人」〔**88**〕「詩人の普遍性」「詩は感じとるものか読みとるべきものか」〔**90**〕「普遍性の再吟味」〔**91**〕「賞ばやり」〔**92**〕「詩の朗読」〔**93**〕「菊田一夫の名詩？」「難解への放言」〔**94**〕「「書評」への反省」〔**95**〕「颱風・ひろしま」〔**96**〕「作品の故郷」〔**97**〕「続・作品の故郷」〔**98**〕「肩書きの面白さ」「けれども詩壇は廻っている」〔**99**〕「長詩流行の徴し」〔**100**〕「百号への感想」〔**101**〕「アンソロジー出版の呼びかけと編纂委員群の反省と動揺」〔**102**〕「映画に現れた詩人」〔**103**〕「方法論と月評の被害」〔**104**〕「詩書の在り方」〔**106**〕「実験室出現」〔**107**〕「詩人の死と詩人の生きる世界」〔**109**〕「既成概念の排除」〔**110**〕「詩の講演会」〔**111**〕「二つのアンケート」〔**113**〕「現代詩「戦後十年」感」〔**114**〕「批評と反省の精神」〔**115**〕「児童詩の問題」〔**116**〕「詩人会議を提唱す」〔**117**〕「教師と現代詩」〔**118**〕「回帰録」〔**119**〕「敗戦拾年——詩における正教と異端——」

小出ふみ子「ラジオ詩の選評」

〔**第84集**〕「耳できく詩」〔**85**〕「新しい朗読詩」〔**86**〕「自分の言葉で書く詩」〔**87**〕「現実と詩の世界」〔**88**〕「春の作品」〔**89**〕「心に留めて見る」〔**90**〕「反省の作品」〔**91**〕「「散歩」の構成詩」〔**92**〕「夏の作品」〔**93**〕「人柄を感じる

詩」【94】「感動を中心として」【95】「自由の中の不自由さ」【96】「去年の詩と今年の詩」【97】「現実を知る」【98】「地方文化の根源」【99】「生活に根ざした作品」【100】「詩のスタイル」【101】「デフォルメの世界」【102】「新しい命をふきつけること」【103】「一寸、工夫する」【104】「自分の言葉で書く」【105】「善意ある作品」

「会員作品評」

小出ふみ子　【第106集】「調べのある作品」【107】「短く結晶する」【108】「デッサンについて」【109】「平凡な明け暮れの中に」【110】「基礎について」【111】「用語について」【112】「身についた感覚と技巧」【113】「個性の面白さ」

田中聖二　【114】「稚ないセンチメント」【115】「大きな感情の展開」【116】「詩精神のデッサン」【117】「作品化への技術を」【118】「精神のリアリテイ」【119】「特異な断面を持つ」

訳詩

小田川純訳　T・マートン【第84集】「わが弟のために」／A・ランボー（以下8篇）【86】「母音たち」「冬のための夢」【88】「作品」【90】「ジャンヌ・マリーの手」【91】「ものがたり」【94】「作品」【95】「作品二篇」／W・バーフォード【94】「恋い人たちの部屋で／W・オーデン【96】「亡命者のブルース」／J・G・フレッチャー【96】「最後の辺境」／C・エイケン【96】「鱒たちがグレート・オーモンド街を泳ぎくだるとき」／D・トマス【96】「夜あけの襲撃で殺された者たちのなかに百歳になる男がいた」／E・A・ポー（以下2篇）【97】「アンナベル・リー」「ヘレンに」／S・クレイン【97】「戦争は思いやりがある」／L・ヒューズ【113】「黒んぼは河とはなしをする・他二篇」

嶋岡晨訳　R・ラディゲ（以下3篇）【86】「アルフアベット文字」【91】「アルフアベット」【92】「婚姻」／P・フ

ォル [95]「輪舞」／J・シュペルヴィエル（以下19篇）[96]「詩人」[97]「作品」[98]「作品」[100]「牧場」[104]「人間の季節から遠くはなれて」[106]「生命の鳥・他四篇」[116]「いまなお生きる・他七篇」[117]「きみは見えなくなる」／J・タルジュウ [99]「ムッシユウ・ムッシユウ！・他五篇」／F・モンド [103]「質問」／F・G・ロルカ（以下7篇）[111]「樹木・他四篇」[114]「海水のバラード・他一篇」[119]「自殺」／R・クラマディウ（以下2篇）[115]「石柱」[119]「NOVA ET VETERA」／P・J・ジュウヴ [118]「悲劇詩」／P・ルヴェルディ [119]「クリスマスのパリ・他二篇」

保田俊雄訳　H・ミショー [99]「おれをつれ去ってくれ」／R・デスノス [102]「蟻」／ギュヴィック（以下2篇）[105]「ちがうこと」「怪物たち」／P・エリュアール（以下2篇）[110]「すべてを云うこと」[113]「平和の指輪よ」

小林茂訳　P・ルヴェルディ [104]「配景」／R・シャール [114]「啓示・他二篇」

橋場玲児訳　D・H・ロレンス [109]「樫の木の下で」

清水正晴訳　C・ヴィドラック [109]「ある歩兵の唄」

「近刊詩集抄」と「書評」の詩集・詩書評

【第84集】 更科源蔵『無明』（さろるん書房、札幌市）和田徹三『白い海藻の街』（日本未来派発行所、札幌市）中江俊夫『魚のなかの時間』（第一芸文社、京都市）『コルボウ詩集（一九五二）』（コルボウ詩話会、京都市）[85]『深尾須磨子詩集』（三一書房、千代田区）和泉克雄『変奏曲』（日本未来派発行所）[86] 田村昌由『下界』（日本未来派発行所）土橋治重『花』（日本未来派発行所、五三）鳥井稔夫他『花粉』（泰文社、千代田区）[87] 冬木康『竹の中』（炉書房、奈良県）石出和『少年盛装』（私家版、千葉県）福森静夫『朝の仮装』（暦象詩社、松阪市）松島甲子芳『夜の審判』（新詩人社、長野市、一九五三）[88] 大崎二郎『その先の季節』（詩と詩人社、新潟県）『交替詩派詩集』（交替詩社、豊中市）相馬大『影』（コルボウ詩話会）[89] 神保光太郎『青の童話』（薔薇科社、練馬区）[90] 日本女詩人会編『女性詩選集１９５３』（同会、目黒区）[91] 新川和江『睡り椅子』（プレイアド発行所、世田谷区、五三）小島一作『青天井』（海底の花詩の会、新潟市）白石匡『黒い譜音』（東北時事社、仙台市、五三）中川友義『泥と花と太陽と』（未来社、文京区、五三）小倉芳蔵『夜』（暦象詩社）牧野経太郎『拒絶』（日本芸業院、杉並区、五三）[93]『金井直詩集』（薔薇科社）蒲生直英『連鎖の山』（批評発行所、山形市）清水高範『冬の旅へ』（プレリュード詩話会、広島市）緒方健一『颱風の眼』（プレイアド発行所）赤座憲久『愛の嗣業』（レバノン舎、練馬区）[94] 佐藤総右『狼人』（日本未来派発行所）柴田元男『天使望見』（詩行動社、品川区）[95] 人見勇『襤褸聖母』（第一書詩社、横浜市、五三）吉村まさとし『微妙の敵』（私家版、杉並区）『和田健詩集』（こだま社、山口市）渡辺力『不毛の殻』（SATYA 発行所、小平町）広瀬純『白い玩具』（協立書店、港区）伊藤勝行『白い花びらのために』（詩宴社、岐阜市）桜本富雄『放心の星座』（版画商詩社、葛飾区）清水康『詩』（書肆ユリイカ）渡辺守夫『彷徨』（アルプス詩人編集所、長野県）小島謙四郎『静かな椅子』（昭森社、千代田区）[96] 秋谷豊『葦の閲歴』（新文明社、中央区）[97] 桜井勝美『ボタンについて』（時間社、新宿区）『炎詩集』（炎詩話会、兵庫県）山田正一『三つの章』（塔影社、目黒区）小熊忠二『愛のあかし』（角笛社、三鷹市）沢渡和孝『暁下の群衆』（五一書房、松本市）北村行夫『廃墟で歌う』（幻美社、浜松市）宇田寥『水仙物語』（石坂書店、長野市）[98] 谷川俊太郎『六十二のソネット』（東京創元社、五三）中野嘉一『メレヨン島詩集』（詩の家、大田区）内田義広『百羽ノ雁』（日本未来派発行所）[99] 遠地輝武『挿木と雲』（新日本詩人刊行会、中野区）牧野文子『かぜくさのうた』（塔影社）天野美津子『車輪』（臼井書房、京都市）町田志津子『幽界通信』（時間社）[100] 青木ひろかた『精神について』（薔薇科社）池崇一『太陽の花』（一路書房、世田谷区）松村由宇一『丘を離れて』（創造の会、横浜市）[101]

永田泰三『郷愁の花束』（自由詩集、杉並区）【102】影山誠治『人間雑草』（時間社）青山雞一『白の僻地』（書肆ユリイカ）大森敬蔵『青い病室』（線条社、中野区）井奥行彦『時間のない里』（火片発行所、岡山県）高木護『夕御飯です』（母音社、久留米市）竹内滋一『樹氷』（孔版印刷、長野県）福永芳久・福永稔久『少年の画帳』【103】竹村晃太郎『新雨月物語』（長谷川書房、台東区）山下千江『印象牧場』（長谷川書房）堀内幸枝『紫の時間』（書肆ユリイカ）手塚久子『夜の花環』（Pureté 発行所、都港区）板口富美子『落葉』（ゆり歌会、福岡市）【104】佐藤総右『死の行方』（げろの会、山形市）中野嘉一編『暦象詩集』（暦象詩社）『地球詩集』（地球社、浦和市）【105】藤原定『距離』（書肆ユリイカ）【106】山田孝『かつぱの皿』（時間社）西内延子『緑の環』（GALA の会、都港区）梅本育子『幻を持てる人』（現代詩研究所、大田区）嶋岡晨『薔薇色の逆説』（貘の会、東京都、五四）【107】『岡本潤詩集』（弘文堂、千代田区）大江満雄『海峡』（昭森社）木原孝一『星の肖像』（昭森社）加藤則幸『今日の神の話』（掌発行所、市川市）【108】笹沢美明『形体詩集　おるがん調』（明雅堂、杉並区、五四）永瀬清子『山上の死者』（日本未来派発行所、五四）平林敏彦『種子と破片』（書肆ユリイカ、五四）【109】龍野咲人『キリエのために』（薔薇科社）餌取定三『神話時代』（貘の会）徳永伸助『鳩の街のマリ』（臼井書房）三越左千夫『夜の鶴』（薔薇科社）槇晧志『いきもの抄』（薔薇科社）山本格郎『近代聖書』（啓文社、大阪市）【110】長谷川吉雄『駅』（涷発行所、横浜市）佐藤東北夫『野獣祭典』（的場書房、杉並区）大島重一『春の雪』（上州詩人社、大田市）吉村まさとし『呼吸音』（文芸旬報社、福島県）『飯豊道男詩集』（薔薇科社）【112】田中清光『立原道造』（書肆ユリイカ）見並準一『雨季の童話』（暦象詩社）飯村亀次『制服』（昭森社）【114】『光の杖』（光明園詩作会、岡山県）川崎覚太郎『島の章』（書肆ユリイカ）安水稔和『存在のための歌』（くろおべす社、神戸市）【115】村井和子『朝ひらく花』（塔影社、目黒区）石井まさ子『糟糠の匂ひ』（深田書店、大阪市）中村隆子『夏に昏れる』（地球社）武村志保『白い魚』（日本未来派発行所、大田区）【116】森一郎『原始』（暦象詩社）相馬大『家』（高原社、京都市）米田栄作『未来にまでうたう

歌』（ぷれるうど詩話会、広島市）諫川正臣『春の佛』（詩の会成長社、館山市）清水高範『秋の昏迷』（地球社）
【117】原田直友『海辺の町』（地球社）小松克男『山の湖』（甲陽書房、長野県）相馬好衛『青銅と花』（日本未来派発行所）大石一男『愛の順序』（現代詩研究会）【119】川崎洋『はくちょう』（書肆ユリイカ）小出ふみ子『花詩集』（新詩人社、五五）谷川俊太郎『愛について』（東京創元社、五五）

第八章　補遺

田中聖二の功績

第三集（一九四六年三月号）の「後記」に田中聖二は「詩と詩壇から遊離して十年である。その間私の友人達が、みな多くの美しい詩業を結実させてゐる。私は黙つて、それらを幾度か繰返して眺めてゐた」と述べており、敗戦までの十年間詩作の筆を折っていたとみられる。先に記した、田中が終戦の日を予測し満を持して「新詩人」発刊を期したとの推察は的外れではないだろう。田中の「新詩人」発行への強い意志は、信毎編集局文化部（長野市南縣町）の同じ職場で信頼関係を築いていた小出ふみ子に水が流れるように受け継がれた。

　重複するが念のため記すと、「新詩人」は一九四六年（昭和二十一年）一月一日に創刊された。発足時の発行者は玉井賢二、発行所は玉井方の新詩人社、編集者は穂苅栄一である。住所録によると編集同人は、穂苅、田中、玉井、竹内薫平、岡村民、大島博光、小出、篠崎栄二、鈴木初江の九名（いろは順）。このうち穂苅、田中、篠崎の住所は信毎編集局となっている。小出も田中と同じ同編集局文化部に属したが、自宅住所を記入している。玉井と竹内は地元の詩人、岡村は東京在住だが長野出身、大島と鈴木は疎開していた縁とみられる。当初の編集の実務は回り持ちを旨としたが、田中がまとめ役であったことが「後記」などの記述から読みとれる。

創刊一年で同人数が十六名に増えたので、編集者田中はそのうちの小出を含む五名を編集同人とした。しかし第一三集（一九四七年一月号）からは実質的に小出が編集の実務を任された。この集の「後記」に小出は「田中さんの多忙と穂苅さんの病気のため、馴れない編輯に当つた」と記している。これらを裏づける当事者の記述をあげておこう。

第一四集（同二月号）「後記」に田中は「今年から「新詩人」のすべてを僕を中心として運営して行くことにしたが、僕にはこの仕事よりも労農運動の一線に立つて働かねばならぬ仕事の方が多く（中略）従つて「新詩人」の仕事の多くは小出君にしてもらうことにした」と記す。この号より編集者田中、発行者小出、発行所は小出の住所となった。この後、実質的な編集と発行はともに小出に移行していく。

同じ第一四集のコラム「詩話会」に小出は「新詩人が発足して満一年、第十三輯の編輯を私がしなければならなくなり、続いて十四輯も十五輯も、私がすることになつた。〝僕たち詩の雑誌を出すんだが、君も同人にならないか〟と、その頃、信毎で記者をしてゐた私に、文化部長であつた田中聖二さんがいひ、それ以来、穂苅さんに追立てられて詩稿を書いてきた。民主化運動に敗れて四月、田中さんと退社してから、家にゐる時が多くなつたので、新詩人の校正を手伝ひ、発送を手伝ひ、何時の間にか帯封に合ふやうに糊を煮ることまで覚えてしまつた」とある。

また第二三集（同十二月号）の「後記」には、「思へば終戦後二ヶ月目の昭和二十年十月、その頃信濃毎日新聞文化部長をしてゐた田中さんを中心に、新聞記者をしてゐた私や穂苅さん篠崎さんの間に詩誌発刊を思ひ立ち、疎開してゐた鈴木さんも加つて頂いてその年の十二月に創刊号を発行した。私はその時初めて詩を活字にした。それから一年、殆んど穂苅さんの情熱で発行してきたが、私と田中さんの信毎退社、鈴木さんの東京行き、用紙の入手難、闇用紙購入に要する高額な資金の融通難に当面した時、私は父の出資を得た。それから一切を引受けて日夜「新詩人」をよくすべく働いた」とも述べている。小出がいつから詩作に興味を抱いたのかは分からないが、十代から詩作をはじめ、そうしたグループに属していたという記述がある。しかし、雑誌への発表を意識して詩作と向き合ったのは、やはり「新詩人」創刊と軌を一にしているとみられる。

このように小出の詩人としての出発には田中が大きくかかわっている。しかし社内の労働争議の結果として、田中と小出は信毎を辞した。年譜によると小出の辞職は一九四七年四月末日付だが、小出自身がこれに言及したのは「新詩人」同年十二月号の「後記」である。これに先立ち一九四六年六月に田中はこれまでの信毎編集局文化部から北信民報社（埴科郡松代町中樹町）に移っている。田中は労農運動に多忙、主要同人の鈴木初江の帰京や穂苅の病気という事情も重なって、結局、経験不足ながら行動力のある小出に実質上の編集・発行が任されることになった。

田中はこの頃から早くも「新詩人」の運営だけでなく、創作面でも目にみえて作品発表数が低下していった。当面は新人作品の選評を引き受け、辛うじて面目を保っていたものの、肝心の自身の創作力はついに上向くことはなかった。戦後詩誌の創刊と継続という当初の目標は、まだ万全とはいい切れないが、小出という頼りになる若手を得て、田中の生き甲斐の中心は労農運動(確かにそれは戦後という時代の大きな流れでもあったが)に急速に移っていた。家族内の不幸に耐えていた若い小出が詩誌の発行と自身の創作に目覚め力を注いでいく過程は、もはや田中の社会主義的情熱に追従できるものではなかった。それは自然の成り行きといえなくもない。当然のことながら田中にとってこの事態は不満だった。田中は不満のうちにもいくらかの希望を抱きながら、第一詩集『花影抄』の「跋」(一九四八年二月記)にこう記している。

> 私はさきに「花影抄」の詩人には不足する多くの条件があると云つたが、その大きなひとつとして、社会性との関連についての関心が作品に現れていないことを指摘することができる。そのために敗北的な、或は陥没的な思想が発見されるのであるが、これはやがて現実が訂正するであらう、その時こそ私はこの詩人が輝やかしい焦点となるであらうと思つている。

「敗北的な、或は陥没的な思想」と田中は労農運動家らしく糺弾に近い異例のことばを投げかけたが、小出はおそらく「やむを得ない」と恬然とこれを受け容れたのではなかろうか。

永瀬清子への憧憬

小出は戦争で弟を失い、二十代半ばで夫と死別して、誕生したばかりの長女を抱えて東京から故郷長野へ戻った。労働争議がもとで信毎という職場を離れたが、小出には自身で闘うべき戦後生活があった。詩集『花影抄』の「後記」に小出はこう書いている。

> 私が作品を発表しはじめたときは、祖国は敗戦直後であつた。荒廃と混迷、このさなかに私は詩を書いてきた。発表しはじめてまだ二年だけれど、私はこの年になるまでの私の三十年を書いた。私は私の半生を尋常一様なものであるとは思つてゐない。人は私を不幸な女だといつた。しかし私は不幸だとは思つてゐない。多くの、人の知らない泪の多くを知つてゐるだけでも幸福だと思つてゐる。私は絶望しない。この荒廃と混迷の社会で、絶望をうたふことはたやすいことだ。しかしこの荒廃の中から希望を見出し、この混迷の中から未来を信じて、社会人に先行して詩ふところに詩人の生命があると思つてゐる。

小出は「新詩人」創刊後の二年余の間に「詩作」と「詩誌」という窓を通して自身の眼で戦後社会のさらに大きなうねりをみていた。この時期の小出の詩的生き方を背後で力強く支えていたものは、畏敬する詩人永瀬清子の作品から伝わってくる「傷を癒す抱擁力と地面に足を据えた安定感」ではなかっただろうか。これは一見唐突にみえるが、いくつかの裏付けや思い当たる節が見出される。永瀬への当時の小出の傾倒ぶりを示す文章を『花影抄』の後記にみることができる。そこには「私がこの国の詩壇に注意しだした時、第一に作風に思慕を感じた詩人は永瀬清子さんだつたので序文を書いて頂くことにした。背景やつながりの何もない、野の女である私に快よく序文を下さつた」とある。じつに直線的で率直である。小出は永瀬のいくつかの詩篇に母性の果てしない海をみたにちがいない。永瀬は社会の仕組みに関心をもち平和運動にも力を傾注する理知的な革新派であったが、同時にきわめて勤勉で、ほかを思いやる穏健さを併せ持ち、これらがそのまま作風に表れた。

詩集の巻頭にある永瀬の「花影抄・序」はつぎのとおりである。

この国の女性のうけた悩み、かなしみを、誰が心から語つてゐるだらうか。

この千載一遇の苦渋の時期の女の想ひを、後世の人々は何によつて知るだらうか。

この詩集にもられたかず〴〵の、やさしくつよく、その故に何よりも女らしい心の姿をよむ人は、小出ふみ子さん一人のものであり、そして又、この国の女性みんなの心の奥底をよむ。失はれた大きな犠牲を胸にひめて、彼女の声音はなほもなだらかにあたゝかい。つくらぬありのまゝの面もちに、それでも彼女のほゝえみはひとを力づける。ロマンチックであり且現実的なこの人の性格、それが知性あるこの国の女性の抒情をいまかたる。

いつも夢を忘れないでゐて、それですべての悲しみを受けとめる私にはまだ見えぬ人、小出ふみ子さんの性格が、この一巻でつきせぬ泉のやうにあふれてゐるのを思ふ。

　　一九四八年・一月

　この一文を得て小出はますます永瀬に傾倒していった。その頃から永瀬自身も頻繁に「新詩人」に詩やエッセイを寄せるようになった。小出が実際に永瀬に会ったのは一九五七年一月になってからである。小出の記した記事（第一三四集、一九五七年三月号）によると、永瀬は東京の日教組研修会に参加した折に長野を訪れた。以前から会う希望を伝えながら実現せず、三度目の正直だったという。永瀬は長野で初めて出会った小出の自宅に案内され、またかねて予定していたＮＨＫ長野放送局でのラジオ番組「朝の訪問」の録音を行った。「永瀬さんは小柄であるが、実に豊かな円満な鼻を持ち、早口に話す。言葉が口をついて出る――という話しぶりで、強靭な叡智が、健康な肉体の底を流れていた」。永瀬清子五十歳の頃である。

　永瀬清子は岡山県赤磐郡豊田村（現赤磐市熊山町）生まれ。父の転勤に伴って金沢や名古屋にも住んだ。愛知県の旧制高女在学中に詩作をはじめ、佐藤惣之助に師事して「詩之家」の同人となった。結婚後は夫に伴って大阪に移り、そこで第一詩集『グレンデルの母親』（歌人房、一九三〇年）を出した。一九三一

長野を訪れた永瀬清子（右）と小出ふみ子（左）（「新詩人」第134集口絵より、1957年3月）

年四月に上京し、「時間」（第一次）、「磁場」「麵麭」などの同人となって詩を発表した。大戦前の詩集に『諸国の天女』（河出書房、一九四〇年）がある。戦争末期の一九四五年一月に夫とともに岡山市に移ったが、六月の岡山空襲後に故郷の豊田村に帰り、農作業の傍ら詩作に励んだ。戦後は「日本未来派」同人になり、「女神」（内山登美子編集）などにも作品を発表している。「女神」第五号は「永瀬清子研究」を特集した。一九五二年には自身で詩誌「黄薔薇」を創刊、季刊の「女人随筆」も発行した。詩集は十八冊に及び、ほかにエッセイ集数点がある。「一貫して母性にこだわり、そこから立ち上がる〈葛藤と肯定〉の思考を、実生活にしっかり足をすえた感性で表現した」（奥山文幸）。八十九歳で没するまで社会的にも幅広く活躍し、詩人としての評価を揺るぎないものとした。

永瀬は詩誌「時間」や「磁場」などで編集者の北川冬彦に同調したが、一詩人としては冬彦から一定の距離を置くところがあったようだ。アフォリズム「午前二時の手帖より」（第二四集）にこんなことを書いている。

> 北川冬彦氏が徹底的に現代語を詩に主張されるにはわけがある。それは日常話す言葉で詩を書いていられるからだ。氏の詩論と詩はぴつたりしてゐる。氏の誠実さをみとめないわけにはいかない。
>
> 然し私はどうかと云へば日常会話語では詩をかゝない。
>
> 又擬古体でも詩を書かない。

詩の言葉は私にとつて日常語よりも一歩ふかく自己を濾過した詩の言葉である。（中略）詩の言葉は日常語よりも範囲がひろい。

この詩法は、ここに具体例をあげる余裕はないが、小出に色濃く影響している。「私は詩作するにあたつて特に「韻」に注意した。また「美しい字」を選んだ。このことは現詩壇の動向に逆行してゐるやうだけれど、何気なく書く散文の中にも「書く人の自づからなる韻があるもの」と、信じてゐるので「語呂」や「ひびき」に特に注意した」（「後記」『花影抄』）という小出の言葉がそれを裏づけている。小出の詩の魅力の一つは些末にこだわらない骨っぽい言い回しだが、それだけに永瀬の思慮深い「詩の言葉」に惹かれずにはいられなかったのだろう。

北川冬彦とのかかわり

小出ふみ子は同性の詩人としては深尾須磨子と永瀬清子に最も大きな影響を受けていた。この二人には「新詩人」に寄稿した詩やエッセイも多く、また長期にわたっている。詩集『都会への絶望』には深尾の序、そして『花詩集』には永瀬の跋文が添えられていることでも小出の心酔ぶりがうかがえる。深尾からは直截明快でけれんのない心象の捉え方と表現法を、そして永瀬からは地域の生活に根ざした詩作の足場を会得した。この二人に次いで小出に影響を及ぼした詩人をあげるとすれば、北川冬彦になるだろう。同性の二人の女流とは異なり、冬彦と小出の接触はいささか特異である。

両者の接点は二つあった。一つは戦争末期に冬彦が信州に疎開したこととかかわりがある。年譜によると冬彦は一九四五年五月二十五日の空襲によって東京渋谷の幡ヶ谷中町の住居を焼失した。この日の空襲は深夜にはじまり、B29五〇二機が投下した焼夷弾によって山の手地域が焦土と化し、東京は壊滅した。冬彦は七月に長野県更級郡篠井（現長野市篠ノ井）へ疎開し、そこで敗戦を迎えた。同年十一月には疎開地を引き揚げ、浦和市岸町に移った。戦争末期には多くの著名人が東京から長野に疎開したが、冬彦もその一人だった。これを機縁として最初期の「新詩人」に冬彦の原稿を依頼したのだろう。

もう一つの機縁は「映画」が鍵語になる。これも年譜にしたがうと、冬彦は一九二七年、二十七歳のとき、三高の級友、飯島正（一九〇二―九六）の紹介でキネマ旬報社編集部に入り、映画評論を書いて生活の資とするようになる。飯島正は「キネマ旬報」の初期からの同人であり、いうまでもなくわが国の本格的な映画評論・研究の草分けの一人である一方で、「青空」「詩と詩論」等の同人として冬彦と行動をともにした。冬彦を映画に誘う灯を点じたのは飯島正であると桜井勝美は明言している。三高時代に飯島が冬彦と同じ下宿に移ってきたことから二人の親交は一層深まったが、映画に関しては冬彦はあくまで教えられる立場で、飯島から新芸術ジャンルとしての活動写真の見識を吹き込まれた。キネマ旬報社での仕事が冬彦の映画への関心を確実なものとし、冬彦の映画評論の仕事は戦後も長く続くことになる。冬彦の映画関連の初期の著述や活動としては『純粋映画記』（第一芸文社、一九三六年）の刊行、季刊「シナリオ研究」（同、一九三七年）の創刊とその後の執筆、「シナリオ十人会」の結成（一九三七年）、『散文映画論』（作品社、一九四〇年）の刊行、『現代映画論』（三笠書房、一九四一年）刊行があげられる。一九四二年には陸軍報道員として南方に徴用され、マレー半島などでの戦線撮影の指揮に従事した。

　これに対して小出のほうは、高女を卒業した十代半ば頃から映画に大いに関心を抱いたようだ。「キネマ旬報」などに投稿し、特選にも入ったらしい。二十一歳のときに京都大秦発声映画会社に入社、シナリオ作家を目指した。社内で知り合った撮影技師の町井平八郎と結婚して、同社を三年後に退社した。夫は日本軍の動向を記録する仕事を命ぜられ中国に滞在したが、帰国後間もなく過労で発病し、胃癌で急逝した。長女誕生の翌年、小出の二十六歳のときである。中国から小出に宛てた手紙が二通遺っているそうである。長女の和美の回想を借りてみよう。

「母の運命に大きくかかわったものは、映画だといえる。ものを書くきっかけや父との出会いも映画から始まっている。映画鑑賞が好きで二十歳前後にはキネマ旬報に投稿を続けていた。ペンネームから男性と思われ、撮影所入りをすすめられて母は京都へ行った。現れたのが女性だったのでびっくり仰天した撮影所は、予定していた映画監督コースをシナリオライターコースに変え、母を迎え入れてくれた。（中略）父との結婚生活も束の間で、母はしあわせをかみしめないまま未亡人となってしまったのだ。二十六歳で夢のすべてに別れを告げ、私を抱いて郷里に戻る日の母の心情を察すると泣けてしまう」（『小出ふみ子詩集』信濃毎日新聞社、一九九六年）。

　映画への夢半ばで破れた小出が、映画と詩を両立させている冬彦に親近感を抱いたことは想像に難くない。また「新詩人」への執筆依頼に冬彦も心やすく応じている。「新詩人」に発表した冬彦の最初の文章は鈴木初江詩集『女身』への感想であった（第四集）。ほかに暮鳥の「囈言《うはごと》」への感想を述べた「近代詩説話」（第一一集）や長野鉄道管理局に招かれた「北川冬彦氏を囲んで詩と映画を語る」座談会（第八九集）が記憶に残る。

誌上には表れないが小出と冬彦との接触はほかにもあったと推察される。たとえば、この拙稿を準備するために小出の常用していた「新詩人」通巻をめくっていた折、第五〇集（一九五〇年三月号）のあたりに挟んであった紙片に出くわした。紙片は黄変したざら紙で、小出の筆跡で次のように謄写印刷してあった。「皆様に急告。笹沢美明氏の便りによると、五月に北川冬彦氏と共に佐渡へ行くので、その途中、北信濃の林檎の花もみたいので長野に一泊したいとのことです。よい機会です。これを機に両氏を囲んで座談会又は夕食をともにしたく思ひます。出席希望者は小出まで御一報下さい。（中略）四月一八日」。近くの会員に配布したものだろう。笹沢美明も「新詩人」には幾度も寄稿している。

「詩学」との関係

初の総合詩誌として「近代詩苑」が岩佐東一郎編集により近代詩苑社から一九四六年一月に刊行された。これは「新詩人」創刊とまったく同年月である。「近代詩苑」は三号で終刊となり、あとを城左門ほか編集の「ゆうとぴあ」に引き継がれた。しかし、これも八か月余で終刊となり、「詩学」と改名して一九四七年八月に新発足した。創刊者は城と木原孝一、嵯峨信之である。発行所は一九五一年一月から詩学社となった。城が創刊号の後記に記した「単なる詩壇雑誌であるに止まらず、広く文学的綜合誌たらんとする野心的抱負」は「詩学」を語るとき必ずや引用される。木原孝一は「荒地」同人で、戦前から「ＶＯＵ」に参加し活躍した。ほかの二人よりも二十歳ほど若い木原は詩作の実績と活動力を期待された。発足時は編集同人の城、木原、嵯峨の共同編集であったが、しだいに後二者が編集の中心となった。

　活字として残っているものは少ないので推察の域を出ないが、創刊初期の「詩学」の「新詩人」に対するあつかいに小出ふみ子は多少とも不満を感じていたとみられる。「詩学」のこのあつかいは、たとえば「荒地」などと並べてみると「新詩人」は純然たる同人誌の態をなしていない、筋金が入っていないということではなかっただろうか。これに加えて、東京と地方、編集発行者の詩作実績についての評価などがまつわりついていなかったとはいえない。

　小出のこの思いは「新詩人」第六九集（一九五一年十月号）に載った武内辰郎の一文「第三者の感想――詩学編集者に――」によって「新詩人」読者にも明かされることとなった。武内によると、「詩学」は一九五一年九月号に戦後初めて全国の詩誌の展望を企画したが、「全国詩誌一覧」に「新詩人」が不掲載であったことにつき小出から頼まれてこの一文をしたためたという。詳細を述べることはここでの趣旨ではないが、「新詩人」同集には「（この）問題に対して問合せや、忠告、助言をうけた。私が丁度上京中だつたので安東次男氏の添書を持つて「詩学」編集部へ木原孝一氏を訪ね、話し合つた結果、事務上に行き違ひがあつたやうだが、「詩学」編集者の良識に今後を恃みたい」との小出の「後記」があり、とりあえず気持ちを収めることができたと思われる。

話し合いは功を奏したとみえ、以後の「詩学」の全国詩誌一覧に「新詩人」は「記載漏れ」にならなくなった。加えて「詩学年鑑」一九五三年版（一九五二年十二月号）の「一九五二年度代表作品」には前年の記載漏れを補うように「新詩人」掲載の江村寅雄、大江満雄、小出ふみ子、咲山三英の四作品が入っており、さらに次の年の「五三年度作品集」（一九五四年一月臨時増刊号）には小出と松島甲子芳の作品が載っている。しかし一九五二年度「全国詩壇概況」では「新詩人」は「一応、同人誌としてうち出しているが、性格は多分に新人育成誌として全国的な会員網を目指しているようだ」（田中伊佐夫）とあり、これがまだ大方の見方を代弁しているようにみえる。次の年の「詩壇・一九五三年」では「「新詩人」は小出ふみ子他の同人諸氏によつて信州に一つの王国を築いているが、昨年の継続以上の発展はなかつたようである」（三好豊一郎）とあり、さらに「詩誌戦後十年の展望」（一九五五年十一月臨時増刊号）になると、「「新詩人」は昭和二十年十二月創刊（原文ママ、正しくは昭和二十一年一月創刊）、小出ふみ子が編集、専ら新人の育成につとめ、月刊を保持今日に至っている」（上林猷夫）とある。ともかく、「新詩人」は同人の創作活動よりも新人育成のほうの印象を関東の詩壇に与えていたようだ。それにしても「信州に一つの王国を築いている」には小出も笑って読み過ごせなかっただろう。

これらに関しては高橋玄一郎も「歴史の眼　歴史主義のわな——詩学年鑑〈一九五三年度版〉批

評」と題して「新詩人」八五集（一九五三年二月号）に述べている。念のために記していくと、「詩学年鑑」一九五三年度版とは「詩学」一九五二年十二月号のことであり、内容は一九五二年の代表作品、詩書一覧、詩壇概況などを扱っている。小出さんからの話があり、と執筆者高橋玄一郎が冒頭に述べているとおり、これは小出の要請によって「書評」欄に載せられた。例によってかなりの長文である。小出の意図ないし期待がどうであったかは分からないが、高橋の視野はいつものように広角であり、話題を一般論として展開している。

「「詩学」がある詩人を無視したつて、また、ある詩人が「詩学」を問題にしなくても、そのどちらでも意味のあることではない。ただ意味があるらしくわめき散らすのは、詩人として自覚のない連中だけである。もともと、詩とジアナリズムとは、無縁のものである。それを、縁因づけやうとするのは、ジアナリズムのとりこになつてゐる連中だけの世界なのである。（中略）ジアナリズムとだけしか、詩は一緒に住むことができぬものだと思ひこんでしまつたら、その人は、けつして詩人になれるものではない。日本でも外国でも、ジアナリズムの上で有名であるといはれる詩人は、もう詩人の資格を了しなかつた詩人といつてよい」。

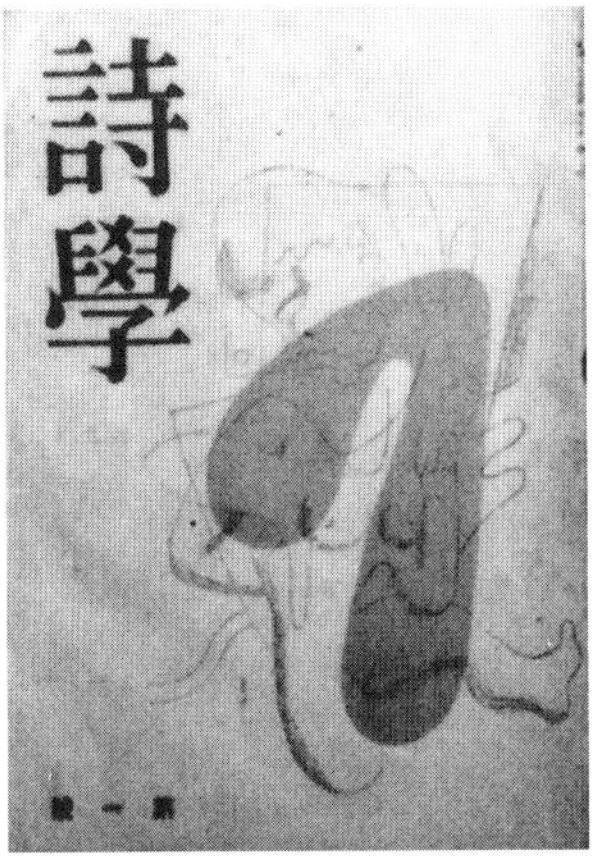

「詩学」第１号、1947年８月

「詩学」誌上にみられる無関心に伴う「新詩人」への曲解には、小出は相変わらず不満を抱いていたと思われる。新人育成はこの詩誌の特色であるが、それだけではなく、同人たちの詩作品や評論への正当な評価を期待していたのではないか。詩誌というものへの見解の相違の表れともいえるだろう。

「詩学」一九五五年六月臨時増刊号（別冊「現代詩・戦後十年」）には「主張と成果」と題して「詩世紀」（執筆者、服部嘉香）、「時間」（桜井勝美）、「新詩人」（小出ふみ子）、「地球」（秋谷豊）、「歴程」（鳥見迅彦）、「日本未来派」（上林猷夫）の六誌からの応答を載せている。以下はそのうちの小出の「広場と実験室の報告」である。

> 「新詩人」の主張と成果をお尋ねですが、一口にいえば共通の広場と実験室で各自が様々な実験を重ねて、自らの個性の探究と確立をめざしているといえましょう。これについては「新詩人」の生誕と沿革をお話しなければなりません。終戦のときぼくらは自由に出版できるのだ。という解放感から私の周囲の人たちが同好の人々を語らつて「新詩人」を創刊しました。その時には「新人の育成」が目標の一つでもありました。そのうちに出版事情の悪化——用紙の統制や赤字や、「新詩人」とともに歩けなくなつた同人級の人たちが一人去り二人去りして「新詩人」によつて作品を発表しはじめた私だけが発行の中心になつてしまつたのです。その結果、純粋に私自身の実験と新人の育成が重ねられ今日に至りました。
>
> 今日「新詩人」に活躍している詩人はすべて「新詩人」によつて育成された人々です。嶋岡晨・小田川純・保谷俊雄・江村寅雄・松島甲子芳・咲山三英・佐藤一郎・宮島摩梨子・小林茂・竹村清之介・早川清治など、その他、彼らが高校生であり、引き揚げてきたばかりの頃な

どに、はじめて「新詩人」に作品を発表したときから始ります。このうち、どの一人をとりあげても類似品はありません。強烈な体臭と個性を持ち、今日の「新詩人」誌上で御承知と思いますが、彼らは自分自身の実験と研究を百十二冊も重ねた結果、作品の他に研究の一端を発表しつつあるのです。小田川・保谷・嶋岡・小林らによる海外詩人の作品及び研究は勿論、江村・松島・小林その他による現代詩人論も準備されつつあり、やがて彼らは彼らの作品を創作する上において重ね得た、彼ら自らの詩論も発表されることでありましよう。

　こうした成果はすべて共通の広場で自由な何物にも拘束されることのない実験を重ねつつある結果によるものと信じております。

　とはいうものの、今日、各大学、または有名な研究・実験室にも、世人の認め得る特長があるように、私たちの研究・実験室である「新詩人」にも特長と呼ばれ得るものが醸成されつつあるようです。それは生きた現実を正確に摑み、そのうえに自らの「眼」を透したデフオルメの世界を、生きている日本語によつて表現しようという共通した祈念が「新詩人」の主流となつているためではないかと思います。私たちはあらゆる既成概念による観念的な定着を嫌います。私たちは若いのですから自らの詩化する精神によつて、自ら確め得たものでなければ承認しません。このために私たちの前に立ちはだかるあらゆる封建的なものを排除します。そして今日の複雑な社会の、あらゆる芸術化されたエスプリの王座を占めるものはポエジイであるという信念のもとに、自らの人格との一体化を求めて、今日のポエジイを追求しております。

木原孝一の詩集評

小出ふみ子と木原孝一のかかわりはむしろ意外ともいえる。詩誌「詩学」という窓口があったればこその出会いといってよいだろう。「詩学」編集者のうち木原孝一は、前述のように一九五一年九月に小出と話し合ってからは、小出の見解と期待をよく理解するようになり、その後の「詩学」誌上でも実質的な配慮を表した様子がうかがえる。小出の詩集への長文の批評もその表れの一つであろう。

　小出は第二詩集『都会への絶望』を一九五二年三月に新詩人社から刊行し、「新詩人」に載せる批評を木原に依頼した。木原はこれに快く応じ、「詩集「都会への絶壁」（原文ママ）御送り戴きありがとう存じました。御申越の「詩集評」原稿は4月15日までに10枚ほど書かせていただきます」との小出宛の四月五日付葉書が遺されている。多忙な木原が短期日のうちに心を込めてしたためた文章は、詩評とはかくありたい思われる密度の高い小詩論をなしている。ほかに引用される機会も少ないだろうから、以下に部分転載しておきたい。

詩集「都会への絶望」に希望する　木原孝一

　現在、〈現代詩〉に密接した場所で、意欲的な仕事を示してゐる女性詩人は極めて少い。特にかつての主知派とか生活派とか云はれたエコオルに属してゐた女性詩人のなかでは、今は全くその意味を失つたエコオルの特性にもたれながら無意味な運動を繰りかへしてゐるに過ぎない詩人が多い。これは方法を持たない〈詩的技術〉のもたらしたものであり、安易な詩作態度の持続によつて生じた温帯である。

詩集〈都会への絶望〉に収められた作品を読むと日本に於ける女性詩人のひとつの典型を感じる。ここにはゆがめられた〈詩的技術〉はないが、習性化した〈詩的技術〉がある。ある意味ではこれらの作品は詩の完成したひとつの状態を保持してゐる。だがその状態が微温的であると云ふ欠点を持つ。その長所と弱点とがひとつの典型を感じさせる。（中略）

この詩集のなかの一連の作品、〈記憶の墓標〉〈鼠〉〈弱いものと、強いものと〉〈子供〉などを読むと、そのモチイフが個人的なものへの関心から社会的なものへの関心に移りつつあるのが感じられる。しかしここではそのモチイフが素材のまま投げ出されてゐるので詩としての迫力が少い。モチイフと詩人の感受性とがひとつの対応を示し、そこに大きなシンボルを生みだすとき詩はあるレアリテをもつて読者に迫つてくる。（中略）エリオツトは「詩的なものを全くふくまない詩」を重視し、詩を透して見ようとしても詩が非常に透明であるために詩が見えない程の詩であり、また詩が透明であるために、読者はその詩についてではなく、その詩の狙つてゐるものに心を奪はれてしまふやうな詩を求めてゐるのだ、と書いたことがある。この詩集の狙つたものは苦悶や不安に対するひとりの社会人の抵抗であらうが、実は苦悶や不安と云ふムウドの方がその抵抗よりも強くなつてゐる。ある意味ではこの詩集の作品は「詩的」な要素が強いために「詩」がそのかげにかくされてしまつたのだとも云へよう。

この「詩的」なものと「詩」の本質のものとを識別するひとつの方法は「言葉」に対するそ

の詩の関係を考察することによつてなされる。その詩の持つてゐる効果に決定的な影響を与へない言葉の多くのものは「詩的」なものに過ぎない。たとへば手垢のついた慣用句とか詩語とか云はれるものがそれである。

　さうした無駄な言葉の多くは対象をぼやかすと同時に詩を弛緩させる。詩的な言葉は読者に何の衝撃をも与へないうちに読者のなかを素通りしてしまふ。だから詩的な言葉の多い詩は若し明確に書かれた対象があつたとしても、それらの悪い言葉と一緒に読者を素通りしてしまふ。読者はその詩がもたらしたものが何であるかをはつきりつかむよりも先に、その詩のムウドが煙のやうに流れ込んで来るのを感じる。さうした詩は読者に一種のエクスタシイを与へはするが、サスペンスを与へはしない。

　この詩集が「詩をムウドで書く」危険な地帯に近接しながら、そのなかにおちいらずに健全な位置を保つてゐるのは、著者のフオルムがひとつの「語りもの」の形をとつてゐるためであらう。このなかの優れた作品はすべてストオリイ・テラアを持つてゐる。そして多分に感覚的な要素を持つた作品は比較的成功してゐない。ただこの「語りかけ」が一次元的であるため平板な印象しか与へない場合が多い。

　著者は「やさしい表現、深い内容」をモツトオとして詩を書いてゐる。しかしこのモツトオは無意味に詩を制限するのではあるまいか。今までやさしく書こうとして書かれた良い詩も、むづかしく書こうとして書かれた良い詩も恐らくないだらうと思ふ。良い詩とはそれ以上やさしくもむづかしくも書き直せないだらうし、やさしいむづかしいと云ふことよりも、読者に何ものかを感応させる詩人の感受性の方が重要である。やさしく書くと云ふことのために詩の本質が常に「詩的」なものの背後にかくされる危険がある。

著者は「余裕綽々と再出発を期している」さうであるが、著者にとつてこの詩集はひとつの危機である。この完成したフォルムを続けて行くことは従来の女性詩人と同様の固定化と劣化作用をもたらすことになる。

またここで試みた社会性への関心を更に拡充するためにはひとつの大きな冒険を決意しなければならない。詩人にとつて一冊の詩集、いや、一篇の詩の完成は常に危機を意味する。「苦悩のなかにあつたら苦悩を書け！」

そして自ら典型を打ち破りすべての偶像をして失墜せしめられるやう。著者の御自愛を祈る。

（「新詩人」七六集、一九五二年五月号）

「新詩人」一〇七集（一九五四年十二月号）「書評」欄には同人松島甲子芳が木原孝一の散文詩集『星の肖像』（昭森社、一九五四年）をとり上げているので、これについても読み返してみよう。所収の作品は一九四一年から翌年にかけて「新技術」（「ＶＯＵ」改題）に連載されたもので、これをまとめて戦後九年目に刊行した。木原の二十歳前後の作であり、戦中のこの時期には作者は中国や硫黄島の陣地構築に技師として徴用され、病を得て帰還している。

僕らの行きつくところには砂漠よりほかにないのだろうか。

ふと僕は熱気を帯びた微風がもう肋骨にまでも吹きつけているのを知つた。
そこへゆこう。不運の果てへゆこう。いつ来るとも知れない絶望の槌を待つよりは。鋸の刃のように喰い入つてくる愛の不安にたえるよりは。

（「砂漠」部分）

「戦後主知の眼をふたたび磨きすまして、そのメタフイジツクな感覚と社会的視野に、現代詩に対する大きな方向転換の軸の一つとなつた荒地グループの中心的存在としての作者の変わらざる目差しを汲み取り得る」「荒地グループのモダニズム批判が現代なお新しい「詩」を求めて実験をくり返している。同じ作者の詩劇の問題、黒田三郎の作品など、一方「荒地グループ」がモダニズムの詩の形式や方法を軽視し、経験に偏向することによつて優れた詩を産み出し得ない弱点を持つている。などという批判の声も起きているが、とにかくこのグループは、現代の悲劇的、破滅的な文明に面している我々にとつて等閑視出来ない存在であろう。現代人の危機的感情がこの作品によつて十年も以前にすでに存在していたことを具体的に知り得て感銘深かつた」。松島甲子芳はこう評している。「十年も以前に」とは、つまり国民挙げて戦時色に酔っていた時代にとの意味である。「新詩人」の側から眺めた「荒地」の姿をみることができる。後年、『木原孝一詩集』（荒地出版社、一九五六年）には小出が「新詩人」第一三二集（一九五七年一月号）に書評を書いている。

都会への絶望　小出ふみ子

あれほど憧れていたひとは
遠い地の果てを歩いていたのです。
私は　おどおど　下を向いて　言葉少く話をした。

かすんだ空は私の心の支柱を失くし
私の皮膚の輝きを消した。
烈しい北の国で
ひとすじに憧れていた心は
方向を失つて　反対側へ走つて行く。
さくばくと音をたてて
ひたばしる電車の轟音に埋れて。

よく知らぬ方がよかつたのです。
遠くから見詰めていた方がよかつたのです。
私のベレー帽が交叉点の真ん中に落ちています。

それほど気取らなくてもいいでせう。
一枚きりの晴れ着のあなた。

私の国では
幾重もの晴れ着が
黒びかりする箪笥の中でかびています。
母の晴れ着
祖母の晴れ着
幾代もの晴れ着が　深い鉱脈の中に埋れて。

この鉱脈は何処に連なるのでせう。
私がベレー帽をかぶり
都会を放浪する習癖は
どの鉱脈の泉となるのでせう。

田舎のハイカラさんも
この都会では　ゆきずりの人
田舎で嗤はれた人も
やがて田舎を嗤ふでせう。
宿なしのあなたでも
この都会に住むといふことだけで。

その瞳は濁つていても。
空腹に耐へかねる日日であつても。
私のベレー帽は交叉点の真ん中に落ちています。

おお　ぐるぐる廻る環状線よ
出口はどこにあるのでせう。
遠い田舎の澄んだ空が
私を締め出した紺碧の空が
星のかずほど
かすんだ空にきらめいています。
私もひもじいのです。
宿なしなのです。

遠くからあなたに話しかけた方がよかつたのです。
私が近づいたので
さらに遠くへ行つてしまつたのでせうか。
交叉点のベレー帽をどうして拾つたらいいのでせう
私は方向を忘れたのです。

（「新詩人」第四七集、一九四九年十二月号）

追加資料（『新詩人詩集』〔一九五一年版〕の執筆者）

『新詩人詩集』は新詩人社発行、編集者岡村民・田中聖二、発行者小出ふみ子、装幀いわさきちひろ、発行日一九五一年一月一日、定価二五〇円、B6版二五六ページ、千五百部を印刷。なお『新詩人詩集』は三十九年後に一九九〇年版が発行されている。

岡村民の「後記」――「銓衡は創刊号（一九四六年一月）より五八集（一九五〇年十一月）までの「新詩人」への寄稿と同人、会員の作品から選ばれた。第一部は、寄稿家一二八氏のうち、四一氏の作品と創刊当初の同人一四氏の作品を収め、執筆数の多い作者には原則として自選に委ねた。これは改めて述べるまでもなく、敗戦後の混乱期にも拘らず、高邁な詩精神の昂揚を示した記録すべきものである。第二部は「新詩人」において育成された同人及び創刊以來の誌上に現れた新人凡そ千名を超えるなかより厳選し、同人を含めて五六名の新鮮味溢れる作によつて編集された」（後略）

【第一部】 秋山清、安藤一郎、安西冬衛、浅井十三郎、江間章子、穂苅栄一、深尾須磨子、井上康文、岩佐東一郎、金子光晴、川路柳虹、木下夕爾、北川冬彦、小出ふみ子、駒沢真澄、近藤東、真壁仁、宮崎孝政、村野四郎、村上成実、永瀬清子、中村千尾、野長瀬正夫、大江満雄、岡村須磨子、岡村民、岡崎清一郎、扇谷義男、岡本潤、大木実、小野十三郎、長田恒雄、大島博光、尾崎喜八、阪本越郎、笹沢美明、沢木隆子、関根あい子、島崎光正、篠崎栄二、塩野筍三、鈴木初江、高橋玄一郎、高橋新吉、高橋たか子、武内辰郎、武内利栄、竹内てるよ、滝口武士、田中冬二、田中聖二、龍野咲人、殿内芳樹、壺田花子、矢野克子

〔第二部〕 青山ゆきのり、江村寅雄、長谷川吉雄、狭間任、久井茂、氷上葉二、堀井利雄、冬園節、五十嵐誠一、石田米孝、石塚照代、伊藤海彦、金沢宏、加藤俊夫、河合泉、川村正、木口義博、木田雅、小島謙四郎、葛原積、北喜代、持田肇、前川長利、松島甲子芳、松島忠、正岡慶信、森清、村田春雄、大石雅則、小栗美千代、岡沢光忠、近江てるえ、大森亘、恩田よしあき、小柳津緑美、西条よしを、斎藤まさえ、斎藤弥太郎、志摩一平、清水正吾、須藤伸一、須原啓介、高崎謹平、武田隆子、竹村清之介、武村志保子（志保）、谷美沙子、玉木春夫、手塚秀夫、土川平次郎、臼田登尾留、内田千歳、山下一海、米田清、吉田しげる、吉沢祐直

第九章　回顧他

初対面は中日詩人連で

「新詩人」の事実上の編集発行者、小出ふみ子は第三詩集『花詩集』によって一九五五年度の第四回中日詩人賞を受賞している。この年の中部日本詩人連盟（中日詩人連、現中日詩人会）の委員長は丸山薫、詩人賞の選考委員は丸山、北園克衛、佐藤一英、殿岡辰雄、小池亮夫、亀山巌、杉山市五郎の七名であった。

　おしだとしこは『ことばの森のなかへ（昭和篇）――中日詩人会の歩みにみる詩の変遷』（「翔」の会、二〇〇六年）のなかでこう記している。「戦後に民主主義が定着したと言っても、まだ女性の社会的地位は確立されていない時代で、個性の自由な萌芽を希求して、詩集の出版を成し得た詩人小出ふみ子氏は、強い個性と意志を有し、才能と生活環境に恵まれた女性であったと見受けられます」。

この第四回中日詩人賞の受賞式は、翌一九五六年三月に名古屋市の中日会館で開かれた中日詩人連総会で行われた。私はこのとき初めて小出ふみ子と顔を合わせ、自己紹介した。細面で背がすらりと高く、明晰な言葉遣いをする人であった。このとき小出は四十二歳、私の母よりも一歳年上である。小出は当時のことをよく憶えていて、二十数年後に語ったところでは、私は黒の詰襟服を着ていて高校生のようだと思ったという。実際には私はもう大学生になっていたが、衣服を無駄にしないその頃の慣わしで、私は高校の制服だった黒の詰襟服をそのまま着続けていた。

『花詩集』出版記念会、1955年11月27日、東京新宿・中村屋にて、白い襟の小出ふみ子（中央）（「新詩人」第120集口絵より）

演壇で小出に賞状を手渡す丸山薫委員長は恰幅のよい紳士で、教科書で読んで想像していた抒情詩の作者とはかけ離れた貫禄ぶりであった。「亀裂はまた頬笑まうとしてゐた。／砲身は起き上つて、ふたたび砲架に坐らうとしてゐた。／みんな僂い原型を夢みてゐた。」という「砲塁」の一節が思わず頭を過ぎった。受賞時の写真を見ると小出は和装だが、あとで催された会合では洋服に着替えていた。

小出の詩人賞受賞と関連づけて、ここで中日詩人連のことにも触れておこう。私の手許には『中部日本詩集』第四集（同連盟、一九五六年）があり、これに会報九号（一九五六年九月号）と一〇号（一九五七年一月号）が挟んであった。とりあえず資料はこれだけだが、当時の状況がかなり分かる。会報九号には会員名簿が載っている。これによると「第六年次（1956年）を有意義に」と題した丸山委員長の挨拶があるので、連盟の発足は一九五一年と分かる。第六年次の副委員長は小池亮夫と中野嘉一の二名、常任委員は河合俊郎、柏木義雄、小出ふみ子、佐藤一英、高橋玄一郎、錦米次郎、平光善久など計十九名。事務局は名古屋市中区の中部日本新聞社文化部内とある。会員名簿は名古屋市、愛知、岐阜、三重、静岡、長野の各地区と東京都、その他に区分けしてある。これに特別会員の岩本修蔵、北園克衛、山中散生、春山行夫（いずれも愛知または三重県出身）が加わり、総数一九一名である。連盟は東海三県に静岡地区を加えて発足し、これに小出の骨折りでその年度に長野地区が参加したとある。

　中日詩人連発足当時の事情は前掲のおしだとしこの著作の序章にまとめがあるので、ここに一部を転載する。

> 現在の「中日詩人会」の祖は昭和二六年五月五日、浜松市に於いて「中部日本詩人連盟」として、委員長丸山薫、副委員長山中散生、殿岡辰雄、事務局長菅沼五十一、常任委員橋本理起雄、望月光（詩民族）、江頭彦造（日時計）、後藤一夫、浦和淳（詩火）、山形幹雄（青い花）、山森三平、平光善久（詩宴）、中野嘉一（三重詩人）、岡本広司（浜工詩人）など名を連ね、百二四名の会員で中部地方において初めての詩人集団の結成で、委員の殆どが詩誌を発行していることから、多くの詩人が戦前から詩活動を続けてきた形跡が窺えます。（中略）
>
> 　戦後の瓦解した国土で荒廃した精神を生気ある詩活動での救済を希求し、混乱を極めた国土でいかに生きるか、詩を通して模索する場として誕生した「中部日本詩人連盟」だったと考え

ますが、昭和三五年に解散の憂き目に合い「中部日本詩人賞」も昭和三五年の第八回で終わっています。

解散後も存続を希望した多くの詩人の声に押されて、昭和三五年十月五日に「中日詩人会」世話人代表、中日新聞社文化部榎本喬の名前で「十年の歴史をほこった中部詩人連盟も種々の事情からさきにご通知申し上げましたように解散いたしました」の文章で始まる「中部日本詩人会」発足の案内が出され、第一回発起人会が中部日本新聞社に於いてもたれ、「中部日本詩人会」と改組、再度、会長に丸山薫氏を推挙して再出発したのでありました。

中日詩人賞を丸山薫（左）から受ける小出ふみ子（右）（「新詩人」第123集、1956年4月より）

『中部日本詩集』第四集への参加者は一四六名、詩作品に続いて、五地域の詩壇展望と執筆者略歴が載っている。この詩集の出版記念会は同月二十三日の勤労感謝の日に名古屋市内のサカエ・サロンで開かれた。出席者は約六十名で、長卓を前に腰掛けての、若年者にはいくらか畏まった会だった。俳壇、歌壇の来賓を交えた席で丸山委員長は「詩人はセクショナリズムという言葉を嫌うが、事実は詩人自身、純粋である一面、見解がせまくて非社会的な性格を多分にもっていて、とかく小さなセクションの中に閉じこもりがちのようである。それでは詩の正しい方向への進展は望めないし、詩人の人間としての成長も期待出来ない」と述べている。

この席で小出は「私は昨夜、（長野市から）汽車に乗り、けさ名古屋に着いたのでございます」と挨拶を切り出している。当時の交通の不便さは想像以上だったことがうかがえる。私はこの会合で小出に再会しているが、何を話したか記憶に残っていない。席が決まっているので、個人的に話をする時間はほとんどなかったのではなかろうか。

会報一〇号は『中部日本詩集』第四集の特集号で、これには詩集の寄贈先が丁寧に記されている。図書館、報道に加えて、詩壇関係では「詩学社」（嵯峨信之）、「現代詩」（壺井繁治）、「ポエトロア」（三井嫩子）、「時間」（北川冬彦）、「日本未来派」（土橋治重）とあり、当時の影響力のある詩誌がうかがえて興味深い。

「戦後詩」への接触

「新詩人」に投稿をはじめたのは私が高二のときだったが、その気になって詩作に向き合うようになったのは、いくらか生活の自由度の増した高校卒業後である。時期は一九五四、五年で、戦後もすでに十年に近く、この時期には手頃な現代詩の入門書をいくつか町の書店で見つけることができた。私には、たとえば英語を習得するのに、実用英会話よりも文法から入らないと安心できないという融通の利かない性癖があり、当時出版されたこれらの詩書は大いに心の支えになった。一冊を読了すると、急に視界が開けた気分になったものだった。

いま埃にまみれた本棚から当時の本をざっと目で探ってみると、伊藤信吉『現代詩の観賞』（上下巻、新潮文庫、一九五二年‐五四年）、村野四郎『現代詩読本』（河出新書、一九五四年）、村野四郎・木下常太郎編著『現代の詩論』（宝文館、一九五四年）、鮎川信夫『現代詩作法』（牧野書店、一九五五年）、北川冬彦『現代詩』（全三巻、角川新書、一九五四年‐五七年）などが褐色を帯びた背表紙を見せ、散佚を免れている。村野、鮎川、北川の本は繰り返しよく読み、おかげでようやく現代詩の基礎知識と作詩の作法を一通りかじったつもりになった。これらに加えて『全詩集大成　現代日本詩人全集』（全十三巻、東京創元社、一九五三年‐五四年）の広告が「新詩人」第九七集（一九五四年二月号）裏表紙に出た。この全集は藤村、晩翠から新吉、中也に至る代表的な詩人七十名の定本全四五〇冊を復刻収録したもので、最後の巻は伊藤信吉の書き下ろし「明治・大正・昭和詩史」に充てられている。この全集はその後も増巻され、序巻を含め全十六巻（一九五五年）となった。

　これらの詩書に収録されまた例示された詩人は、当時は気づきもしなかったが、ほとんどが戦前に名を成した詩人たちである。現在の目からみれば、鮎川の本の作例にあげられた三好豊一郎、田村隆一などの作品や村野、木下の本に含まれる大岡信、木原孝一の詩論はむしろ例外に属する。つまり戦後十年というただなかにいながら、私は戦後詩という実用

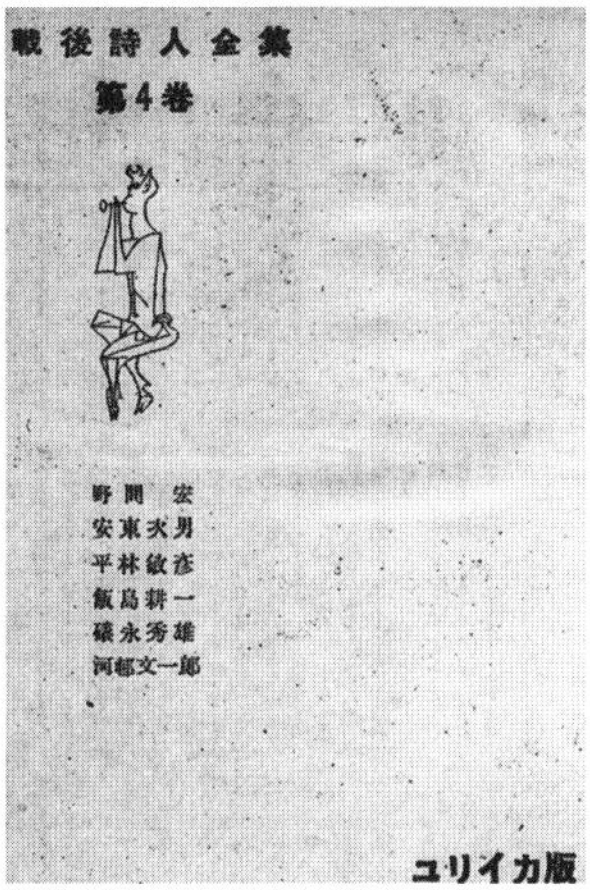

『戦後詩人全集』第4巻、書肆ユリイカ、1954年

英語ではなく、戦前に名を成した詩人の詩という文法のほうをもっぱら独習していたのだった。じつはこの時期にもう一つ『戦後詩人全集』（全五巻、書肆ユリイカ、一九五四年－五五年）が出版されていた。こちらのほうはたぶん「新詩人」に広告が出なかったせいもあって見逃してしまい、実際に手に取ることができたのは後年だった。私の戦後詩理解がそれだけ遅れたことになる。

すでに本文中に記したように初期の「新詩人」には同人、会員に加えて、思いのほか多数の名の知られた詩人たちが詩作品や批評、随想を寄せた。これらは一見して、若い同人たちの作品とは明らかな対照をみせていた。なにしろ寄稿する詩人たちは教科書や詩書で名を知られた著名人であり、編集者の配慮も格別のようで、内陣に鎮座している雰囲気があった。これに対して、顔を見知っているわけではないが、私よりも十歳ほどは年長とうかがえる同人たちは、戦後にこの詩誌に拠って詩作をはじめた近しい存在に映った。月々の雑誌に載るこれらの同人たちの作品やフランス詩の訳詩のなかから自分に好ましい作品を選び出しながら、遅々としていたが、詩世界の趨勢つまり戦後詩の動向をおずおずと覗きみたのだった。こうして実作に触れながらも、戦後詩という枠組みを私が明快に認識できなかったのは、「新詩人」という詩誌が一定の共通志向をもつ、ふつうの意味での同人詩誌ではなかったせいでもあるだろう。

しかし現在の目で振り返ると、「荒地」などの際だった戦後詩の同人誌の詩人からは遠く離れていたが、幾人かの「新詩人」の詩人たちは戦後詩の担い手であった。臼田登尾留、松島甲子芳、多田昇三、小田川純、中島紀三武、橋場玲児などの詩作品や評論を思い出す。これらの詩人たちは戦後最も早く詩作をはじめた世代（戦後詩の第一世代）に相当するが、私のようなさらに十年ほども遅れて無自覚に詩作に入った若年者に対しては大きな溝を感じていたに違いない。私にしたところで、このような第一世代の人たちの詩は、どうがんばっても自分には書けない、まずもって生まれ出た時代が違う、との距離感が常につきまとっていた。では編集者小出ふみ子自身はどうだったのだろう。

戦後詩の詩人の範疇に女性を当てはめることは必ずしも容易ではないが、年齢面でも、また戦後いち早く詩を発表しはじめたという面からも、小出はこの枠組みに入る詩人だろう。弟を戦死で失い、結婚早々に夫を亡くした小出は、軍隊経験に匹敵する戦時体験を踏まえ、幼児を抱えての戦中戦後生活のなかで詩作の道に分け入った。第一章で引用した初期の詩「静謐――弟中島睦男へ」がそれを如実に物語っている。批評家がいかに論じようとも、これこそ「戦後詩」そのものではないか。

多くの戦後詩の書き手がそうであったように、小出の場合も信毎での労組活動や上司の田中聖二の影響もあって左翼傾向が強かったとみられるが、信毎を退職し「新詩人」の編集発行に専心するようになってからは、自身の日常生活や生き方に視線を向けるようになる。敗戦時に三十歳に達したばかりの女性、小出ふみ子もまた「一九五〇年代の詩」（大岡信）

小出ふみ子と家族。小出ふみ子（後列右端）、長女和美（前列右端）、弟中島睦男（前列中央）、1943年頃

の書き手であった。当時の小出が実作と同時に戦後詩をいかに認識していたかを、戦後十年前後の記述から読みとることができる。

「新詩人」第一〇八集（一九五五年一月号）には順に笹沢美明『形体詩集　おるがん調』、永瀬清子詩集『山上の死者』、平林敏彦詩集『種子と破片』をとり上げた小出の書評が載っている。ここでは平林詩集の書評に注目してみよう。平林は戦後いち早く詩作を再開し、「新詩派」「詩行動」「今日」をつうじて「荒地」などとも接触しながら戦後詩の成立に大きくかかわった。書評にはこのように記されている。「明らかに未来の詩の書き手であることには相違ない」「今日の時代に生きる人間の心理と世界との間に介在する不信と不安、それらが、シュールな感覚と表現の組立によつて、われわれの常識をのりこえた空間に構築される」「一時流行した不条理の世界という言葉が思出されるほど、彼の感覚、そして技術は濡れた抒情の介在と、われ〱の常識から来る連続することを許さない（原文ママ、脱落があるか）。乾いたそして飛躍したモチーフが展開される」。今日の目からみても適切な見方といえよう。

次にこの時期の「新詩人」同人たちの戦後詩認識を示す記事をもう一つあげてみよう。一一三集（同六月号）の「エコオ・ソノオル」欄には「現代詩「戦後十年」感」と題した「詩学」別冊「戦後代表作品」（一九五五年六月臨時増刊号）選定への批判が載っている。無記名の筆者は小出ではなく男性の文体である。まず「戦後代表作品」一〇一篇のうちから独自に半数弱を二組に分けて選び、これに洩れた残りの大家や既成の詩人の作品を含む五十数篇は戦後代表作品とすることにどうしても納得できないとしている。一口に戦後十年といっても、これほどの激動の十年はほかに例がないだろう。一〇一篇の書き手には戦後再開、再生した詩人もいるし、戦後の詩人ももちろん含まれる。しかも後者では前半の五年と後半の五年とで戦争の実体験や初等教育の体験が大いに異なる。一〇一篇を選定するのに特定の規準を設けることには頷けないものがあるだろう。「「告げるべき意志も　悲哀の声も、たゞ傷口のように暗く」秋谷豊、「十一月の寒空に、わたしはオーバーもなく」鮎川信夫、「空腹の踵を私はかへす。鯨横丁の屋台の方へ」乾直恵、「乏しきに耐へ苦しみを忍び」岩佐東一郎、「ああ。結構。チユウで結構」及川均、「朝食べ残したパンが、食べ残したまゝの形で、壁には汚れて寝衣が醜くぶら下っている」黒田三郎、などこれらの表現は無数に発見できるわけであるが、現代の不安のなかで詩人が、その不安を最も鋭く感覚するのはよろしいとして、日本の詩人の多くの傾向として、ここまで苦悶を悲劇する宿命と、悲劇の底に陥没している精神について考えてみたのである。（中略）今日の日本の詩の人間的な、あるいは生活的なその貧しさ、暗さはどうにもやりきれない。これは決して日本の詩人の魂の貧困を取りあげているのでなく、日本の詩と詩人のあり方の問題である。空転するイージーゴーイング。自己殺戮のなかで叫喚する人間性。あるいは社会性。あるいは芸術性」。

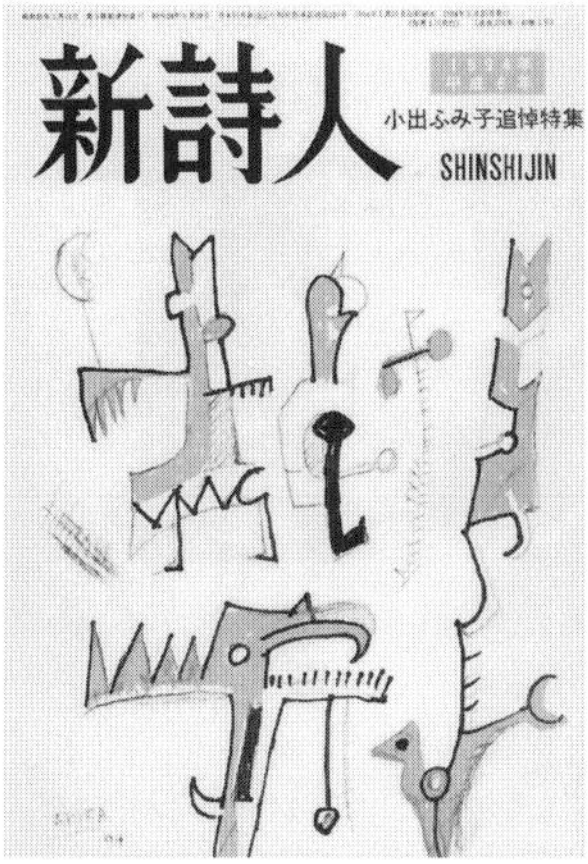

「新詩人」小出ふみ子追悼特集号、1994 年 5 月

「詩学」同号の他の小詩論、記事についても、この筆者の辛口の感想が続き、「詩人部落は幼稚園。それでは到底他の芸術の領域と拮抗できない」と結んでいる。

しかし「寧ろここで讃辞を捧げたいのは若い戦後詩人群の強力な意欲である。その多角性、その鋭意性である。がつちりと踏ん張つた飛踏である。ここに戦後十年の正しい意味の詩があるのではなかろうか。そしてそれのみが明日の可能性を信じさせてくれる」と戦後詩の若い担い手たちに期待している。

「新詩人」以後——後書きに代えて

おそらく編集発行者の小出ふみ子さんの詩的矜持ないし好みのせいであったのだろうが、当人を除き、「新詩人」は関東の〝詩壇〟との人的交流が少なかった。何となく私は常々そのように感じていた。小出さんの二冊目の詩集『都会への絶望』への印象がその思いを促していたかもしれない。私事ながら、私は一九六六年春に都内に職を得て妻子とともに愛知から関東に移り住んだ。その頃には一時盛んだった「新詩人」の東京詩話会はすでに機能しなくなっていた。しかし関東在住の同人の新詩集が刊行されると、小出さんが長野から上京して出版記念の会が開かれ、その度に思いのほか多くの同人や会員が集まった。こうした会合は詩人たちと実際に話し合える貴重な機会ではあったが、詩人間の交流もこの範囲内にとどまっていた。

このような「新詩人」の状況に飽き足りない同人、会員が出てきても決しておかしくない。少人数ながら同人辞退の申し入れがあったり音沙汰のなくなることもあったようだ。もしそうした人が関東在住者であれば、「あなたからも考え直すように声をかけてみてよ」と小出さんからときに電話をもらった。同人を辞退するにはさまざまな理由があっただろうが、「新詩人」以外の同人詩誌や詩人の集まりで揉まれてみたいとの創作意欲が主因の一つではなかったかと推察する。他方、「新詩人」同人として活躍しながら、同時に他誌にも加入していた人も少なからずいた。詩作に余力さえあれば、これは妥当な選択といえる。しかし私を含む多くの同人たちは詩誌の長命に順応するように「新詩人」を根城にし続けた。そして「新詩人」は小出さんの他界に伴い一九九四年に終刊となった。詩文を発表する場をたちまちになくして、私はしばらく茫然自失、すぐさま知友を頼って別の場をさがす努力を怠った。「新詩人」終刊後の数年を私はほとんど無為にやり過ごした。

　二十世紀最後の年に私は勤めを定年退職した。じつはその後再就職したのだったが、せめてここで自分なりにささやかな区切りをつけようと、私は「新詩人」に発表してきた詩作品の一部を選んで二冊目の詩集『けやき日記』（舷燈社、二〇〇〇年）を、そして随想、エッセイの類を『植物の逆襲』（同）と題した本にまとめた。「新詩人」終刊からはや六年が過ぎていた。ありがたいことに、関東在住のかつての「新詩人」の詩友十人ほどが原宿の料理店の一室で出版記念会を開いてくれた。この会で私は、自分たちの詩を気兼ねなく発表できる詩誌を出してみたいと、日頃の思いを述べて協力を求めた。結局、いささかの曲折を経て、季刊の小詩誌「回游」の創刊号が二〇〇一年一月に出た。「あとがき」には「この創刊号に作品を寄せた人たちの大半はかつての「新詩人」の同人だが、これはひとえに私たちの詩のうえでの交友がもっぱら「新詩人」を拠り所にし、連絡できる人々のみに案内を差し上げたという事情によっている」と記している。もちろん「新詩人」をそのまま継承したわけではない。「回游」もすでに十年余、当初の自他の予測が外れ、四十数冊を発行するに至った。いまでは「新詩人」とかかわりのない同人が漸次多くなってきている。

最近の嶋岡晨詩集『愛する日日のレクイエム』（書肆青樹社、二〇一一年）のなかの一篇「点鬼簿の声明《しょうみょう》」には「わがまま息子らに泥臭い踊りを楽しませた振付け師　長野の母小出ふみ子さんよ」という一行がある。さすがに的確な観察眼。泥臭さは「都会への絶望」以来の小出さんのプライドであり、わがまま息子どもも生き長らえてそれをいまだに楽しんでいる。

「回游」からはみ出た自分の原稿を、私は少部数だけ手作りする個人誌「胚」に載せてきた。本書のもとになった文章も「戦後現代詩の伏流「新詩人」――初期の足跡」と題して「胚」に連載したものである（第二一号〔二〇〇八年一月号〕‐第二九号〔二〇一〇年一月号〕）。この連載を読んださる詩人は「執念みたいなものだね」とおっしゃったが、じつはそれほど苦労を伴う作業ではなかった。むしろさまざまな発見があって楽しかった。

「新詩人」終刊を同人、準同人として迎え、現在なお詩誌「回游」で詩作を続けている詩人には、市川つた（牛久市）、伊藤冬留（筑紫野市）、折山正武（川崎市）、江田重信（大分県玖珠町）、鈴木珠子（岡崎市）、多田昇三（大田区）、牧豊子（長野市）、横山宏子（新潟市）、吉原君枝（飯山市）がいる。また「新詩人」から引き続き「回游」同人となり、この間、他界または病気療養のためにいまは「回游」を退いた詩人に臼田登尾留、碓井盛雄、中島紀三武、久保田たま、神津歌子、山内世紀子がいる。さらにかつての「新詩人」同人で現在は他詩誌で活躍している詩人として、青山かつこ（「すてむ」）、絹川早苗（「ひょうたん」）、鈴木八重子（「舟」）、高島清子（「孔雀船」）、谷田俊一（「東京四季」）、保坂登志子（「こだま」）松下和夫（「光芒」）がとっさに思い当たるが、ほかにもここにあげきれない詩人が少なからず現在活躍中のはずである（敬称略）。

創刊十年までの「新詩人」をおさらいする作業をつうじて私は、初期「新詩人」に掲載された詩や詩論はいうに及ばず、必要に応じて参照した詩論集、詩集、詩誌のなかにいまも色褪せることなく息づく多様な戦後詩活動に接する機会を得た。そして戦後の詩活動を証すそれらの文章を読みながら、そのときどき新鮮なおどろきに出会うのが常であった。衣食住に満たされずあくせく生きていた戦後十年の自分の生活を思い返しながら、その同時期にこのような豊かな文章を書いていた人たちがいたのだというおどろきである。最後にこのことを忘れずに記しておきたい。

主な引用・参考書

詩誌「新詩人」通巻（新詩人社、一九四六－九四）。

この通巻は個人蔵のほかに国立国会図書館と長野県立図書館でも閲覧できる。

『小出ふみ子詩集』（信濃毎日新聞社、一九九六）

岡村民他編『新詩人詩集 一九五一年版』（新詩人社、一九五一）

村野四郎・木下常太郎編著『現代の詩論』（宝文館、一九五四）

鮎川信夫『現代詩作法』（牧野書店、一九五五）

分銅惇作他編『日本現代詩辞典』（おうふう、一九八六）

日本現代詩人会編『資料・現代の詩 ２００１』（角川書店、二〇〇一）

同『資料・現代の詩 ２０１０』（現代詩人会、二〇一〇）

おしだとしこ『ことばの森のなかへ（昭和篇）――中日詩人会の歩みにみる詩の変遷』（「翔」の会、二〇〇六）

安藤元雄他監修『現代詩大事典』（三省堂、二〇〇八）

『木原孝一詩集』（現代詩文庫47、思潮社、一九六九）

大岡信『蕩児の家系――日本現代詩の歩み』（思潮社、一九六九）

吉本隆明『増補 戦後詩史論』（大和書房、一九八三）

『現代詩読本 さよなら鮎川信夫』（思潮社、一九八六）

小田久郎『戦後詩壇私史』（新潮社、一九九五）

『平林敏彦詩集』（現代詩文庫142、思潮社、一九九六）
三木卓『わが青春の詩人たち』（岩波書店、二〇〇二）
平林敏彦『戦中戦後 詩的時代の証言 1935－1955』（思潮社、二〇〇九）
和田博文・杉浦静編『戦後詩誌総覧』（一－八巻、日外アソシエーツ、二〇〇七－一〇）
『日本の歴史』（別巻五、中央公論社、一九六七）
『近代日本総合年表』（第四版、岩波書店、二〇〇一）

謝辞

小出ふみ子氏が長年常用していた詩誌「新詩人」通巻は年度ごとにまとめて製本されている。これら初期の合本を長い間手許に置くことを許してくださり、また貴重な写真の使用をご承諾くださった長女のマックイーン・和美さんに心よりお礼申し上げたい。

この小文の連載中、少なからぬ方々から励ましのお言葉とご教示を頂戴した。とくに平林敏彦氏は度々鞭撻のお言葉をかけてくださったのみならず、拙文を繰り返し丁寧に読み、参考詩誌等をご提供下さり、文中の事実誤認や固有名詞等の誤記をその時々ご指摘いただいた。これをきっかけにして私は引用文などをできうる限り原文と照合するように努め、それが多くの戦後の詩篇や詩論などに接する機会につながった。深謝申し上げたい。

本書を刊行するに当たり思潮社の小田久郎会長、編集を担当くださった藤井一乃さん、遠藤みどりさんに一方ならずお世話をいただいた。合わせて感謝の気持を表したい。

主要人名索引（章末資料のぞく）

南川隆雄（みなみかわ・たかお）

一九三七年三重県四日市市生。
詩集『幻影林』（新詩人社、一九七八）、『けやき日誌』（舷燈社、二〇〇〇）、『花粉の憂鬱』（舷燈社、〇一）、『七重行樹』（回游詩社、〇五）、『火喰鳥との遭遇』（花神社、〇七）、『此岸の男』（思潮社、一〇）。連詩集『気づくと沼地に』（共著、土曜美術社出版販売、〇八）、『台所で聞くドアフォン』（同、〇九）。エッセイ集『植物の逆襲』（舷燈社、〇〇）、『昆虫こわい』（回游詩社、〇五）、『他感作用』（花神社、〇八）。

現住所　〒二五二—〇三〇二　神奈川県相模原市南区上鶴間五—六—五—四〇六

詩誌《しし》「新詩人《しんしじん》」の軌跡《きせき》と戦後現代詩《せんごげんだいし》

著者
南川《みなみかわ》　隆雄《たかお》
発行者
小田久郎
発行所
株式会社　思潮社
〒一六二―〇八四二　東京都新宿区市谷砂土原町三―十五
電話〇三―三二六七―八一五三（営業）・八一四一（編集）
ＦＡＸ〇三―三二六七―八一四二
印刷所
創栄図書印刷株式会社
製本所
誠製本株式会社
発行日
二〇一一年十一月二十日